我和连岳一起成长

连岳 著

四川文艺出版社

新经典文化股份有限公司
www.readinglife.com
出　品

序

序很难写，而书都需要一个序。拖了好久。

如果说，写这个序非要有个理由的话，就是感谢一下这本书的编辑与出版社，这本书的出版过程不短，工作量不小，出来之后，一点名利，大多还被作者拿走了。出版确实是个辛苦活。

我尽量当一个好的合作者，这本书从装帧到文章编排，我完全尊重编辑的专业，他们会做得比我好。

我唯一坚持的就是书名，一再拒绝其他提议，就要用《我和连岳一起成长》。写这些文章时，没想到出书；以后可能还会出，前提是大家都有所得，不然就可能不出了。这不重要，在日复一日的写作中，我已知道，写作的最大意义，就是成长，写的过程中，已经完成了。那些每天来读的朋友，阅读有所得，也成长了。感谢移动互联网，给作者与读者间带来了即时交流，生活、写作、阅读、成长，同时完成。

祝你阅读开心。祝你成长开心。

目 录

I 没有勇气的年轻是可耻的 001

❑ 人一辈子，也就三万多天，恐慌的年轻时代，三千多天，它经不住你赢几天。

青春的美好和愚蠢 003
把握大学毕业后的十年 006
没有勇气的年轻是可耻的 010
我为何赖在你身边？ 015
你就是自己的最大保障 018
主动追求有压力的生活 022
你当然会抱怨，关键是何时停止 028
用工匠精神请客 032
想按自己的方式生活？看你出多少价 035
学好失败学 038

| 一切皆有成本 041

❑ 一切皆有成本，建立成本意识，抵制忽悠，这是一个人最难的转变。

成功者只是少犯错误而已 043
个人是一切判断的起点 048
你的座位，你可以自己坐 053
如果没有人认为你冷酷，那是你的失败 058
导致贫穷的思维方式 061
不做面子的奴隶 064
掌控嫉妒，建立自己值钱的系统 067
情商提升宝典 074

| 生命的窄门 079

❑ 独立的生活，自由的精神，创造的乐趣，要得到这些，我们必须敢于和别人不一样，必须走生命的窄门。

正常的“变态” 081
生命的窄门，你至少得走一回 085
公婆为何不爱儿媳？ 089
失去分寸的责任感是心理疾病 092
你不必伪装成一个“好人” 096

这一关不过，一生过不好　098
得罪人，讲究稳准狠　105
你要和他们不一样　111

你是你自己的作品　115

人是观念的产物，现在正确的观念唾手可得，就看你有没有胆接受，有没有胆执行。

过小而困难的生活　117
好奇害死猫，不好奇害死人　122
人生的三阶段　124
人是生而不平等的，这不是坏事　130
不要让思乡病变成贫穷病　136
不要做“无私”的懒汉　139
被垃圾选择淹没的人生　145
生存在这危险的世界　147

生活中的经济学　153

经济独立，人格自由，在物质上满足家人，让家人过得好一点，要实现这些，你需要懂点经济学。

钱的感性与理性　155
年轻人爱钱不可怕　160

把你最擅长的本事卖个好价钱 167
“炫富”使人进步 172
当一只刺猬 175
要不要买房？ 178
未来风口在哪里？ 186
创业宝典 188

I 大家的牌都差不多，可有人就是一直赢 193

❑ 发现你的天赋，把你擅长的一点点技能，练得天下无敌，你就是神一样的存在。

一直生长到死 195
做一个不会老的人 200
走出你的舒适区 204
加油，所有的郭靖 206
大家的牌都差不多，可有人就是一直赢 211
人生信息战 216
阅读的温暖永远不会改变 219
人人都会写文章 226
释放孩子的写作能力 231
人生就是不停面对试卷，而你什么都不会 237
寻找滋养你的意义 244

I　愿你在爱中成长　247

❑　无论你多牛，在爱你的人面前，还是脱下盔甲，错了就认，他不会像陌生人一样攻击你的弱点。

人生的火种藏在远方　249
爱的第一原则　257
用过的东西，要恢复原样　260
谈恋爱就是找到气味相投的另一个　262
十八岁之性原则　266
分手须知　269
女追男的五个误区　273
在爱你的人面前脱下盔甲　275
爱的回报率很高　279

没有勇气的年轻是可耻的

人一辈子，也就三万多天，恐慌的年轻时代，三千多天，它经不住你赢几天。

青春的美好和愚蠢

“二十岁有多美好就有多愚蠢。”

一位读者的以上评论令我印象深刻，基本上说出了年轻的状态：那时，我们处于一种危险的美丽当中。

极少数改变人类的天才，不在我们讨论的范畴。他们会以异常的方式出现和生长，他们自己可能过得极其痛苦，但却提升了人类的生活，就像计算机之父图灵那样。天才是不可复制的，无论是他们的快乐还是痛苦。你只能复制乔布斯的坏脾气，却无法复制苹果的诞生。

大多数人，不是天才，也不是蠢材，他们是可以塑造的，他们一生的成就可能相差极大，不亚于天才与蠢材的差距，关键在于从青春开始，自我养成方式不同：有人养大了美好，有人养大了愚蠢。

青春很美：身体、气味、爱、性、不停出现的新朋友、无比多的机会与诱惑。

青春很危险：可能因冲动而怀孕、生病；又会放不下自尊，争一口闲气斗殴或杀人；渴望及时的认可和奖赏，在发型服饰上搞事是年轻人的专利，成本小见效快；容易有热情但熄得很快，跟上了所有热点，但丢掉了自己的焦点。这是蠢萌的阶段。因为年轻，蠢也显得萌。

所以，太多人浪费青春也就正常。你确实没有能力把握，也没人教你怎么把握，毕竟太多家长都是浪费青春后，一不做，二不休，索性混完一生的人。

不夸张地说，我现在看小孩、看年轻人，聊一聊，了解一下家庭情况，大致可以判断出他将来的走向。

智商与颜值，这些最吸引人的元素，我认为都不是决定性的：美人易老，容颜的竞争力迅速下滑；智商高，可能起跑很快，糊弄人也有本事，进进退退，或无方向瞎跑，不过原地打转而已。

一个人成长的最重要元素是：朝正确的方向缓慢前行，有定力，有耐心。

这是巴菲特积累财富的方法：买好公司的股票，慢慢等，跟着好公司成长。方法一点不难，因为好公司所有人都知道。只不过慢慢滚雪球的人少。第一个一百万、第一个一千万，遥遥无期。

人生也是如此。正确的方向也很明显，你的什么才能让你多赚钱，你就多做什么，市场会指引你发掘出最有价值的潜能，然后缓慢前行。最后，你会成为发明家、资本家、艺术家以及一切出色而快乐的工作者。

可是，这平淡而乏味的起点，对多数年轻人来说，没有吸引力。为什么要那么苦？十年内好像无成效，不如喊喊时尚的大词语，诗和远方一下，朋友圈马上可以卖弄一番。

自己像根墙头草，然后，恋爱花时间，兴趣不停转换花时间，父母逼你回小城市花时间，逼婚逼生、三观大混战花时间，一转眼，Happy birthday to you！三十岁生日快乐!

这就是人生充满了偶然和风险的原因，这也是有传承与没传承的区别：有传承的家庭，他们知道培养孩子的定力与耐性；当孩子选定方向前行时，他们也会放手。教了方向，教了原则，孩子早早开始积累。

代际间的差距拉大，看得到的，是优秀家庭的富足，看不到的，是支撑这富足持续增长的观念与经验，也早早传给了孩子。他们的孩子，拥有双重先发优势，还有人扯你徒步的后腿时，他们开着跑车出发了。

还好，现在信息传播的成本是零，这真是一个好时代，在观念获得上，所有人处于同一起跑线，就看你有无定力、有无耐心了。

天性有定力，那恭喜，你更容易起步。

天性就像只猴子，是很辛苦，不过，也得练出定力和耐心，因为这就是唯一的方法。

青春的美好和愚蠢，愿你只留下美好。

把握大学毕业后的十年

一位好友的侄女大学毕业，想请教一点问题，请我吃饭。

这孩子提的很多问题，我不知道答案，或者我自己也看不清楚，甚至，根本不可能有答案。

但吃人嘴软，再加上喝了一瓶他存了二十年的酒，无论如何，得留一点建议。

我能确定的一件事是：大学毕业后的十年，是最辛苦的。

你会先挨一记闷棍，被扔进面目模糊的人堆里。在此之前，你可能是宠儿，从家庭、学校再到朋友圈，别人赞美你、对你好，仿佛都是应该的，说几个段子，摆出比较酷的姿势，就能收获掌声。只有一个孩子的家庭，或者特别重男轻女家庭里的男孩，这种定势更加顽固，他人都得像爹妈一样哄着自己。

忽然你就变成了配角，成了所有能力都待考验的新人。雇主与雇员，买方与卖方，彼此的合作，都回复到正常、理智、冷酷，你有什么价值可供交换：你的智力？你的勤快？你的细致？你的韧性？你认为自己很屌，你要有能力展现出来，并且持续展现，不然他人就会在你的自我评价前加个定语——傻。更可能是连评价的兴趣都没有，直接开掉了事。

你的自尊心受挫，面子上挂不住，回到家里，迎接你的，不再是妈妈温暖的怀抱，因为她也将给你一记闷棍。父母不再顺着你了，而是要求你顺着他们。中国人地域之间、两代人之间，观念差异之大，足以让你用一生也填不平，除极少数长辈能守住不干涉的本分，其他人都开始兴致勃勃地修理孩子，在择业、择偶、人生规划与生活方式上，一次又一次地争论、冲突，在所难免，直到一方认输退出。

这过程至少持续十年。很辛苦，你力量尚弱，但又不能死掉。

很多人在这过程中死掉了。以我对同龄人的观察来看，有些少年时期特别聪明的人，往往因为落差大，这关更难过，有发疯的，有自杀的，有成为怨夫怨妇的，有刻意虐待自己以求逃避的，有以折磨下一代作为情绪转移的，种种悲伤，不一而足。

所以，这十年的时间窗口，也特别珍贵，放弃了，以后更辛苦。不让人侵入你的私域，不让人替你生活，不依赖他人，十年后，你的力量比强迫你的人更大，有了挣来的自由，之后的事情，像下坡滚雪球，雪球变大，你却更轻松。

* * * * *

大学毕业后的十年，都辛苦，都恐慌。

这段过得顺，在相对高一点的平台进入稳定期，享受复利增长。

这段处理不好，就得在更低的地方和同龄人、后来者竞争，更加辛苦。当然，也可以选择放弃。

这并非对年轻人不公，而是他们在这段时间面临的重大选择，一个接着一个：找什么工作？在哪儿工作？追求谁？和谁成家？买不买得起房子？能不能养得好孩子？

没有一个选择是简单的。怪不得很多年轻人早早掉发。

复杂的、巨大的挑战，让人害怕，让人想逃避。这是正常的反应。如你所知，从猿开始，面对挑战，大脑的选择是两种：战斗，还是逃跑？ fight or flight？

我们现在没了尾巴，也用上了智能手机，但大脑的反应还是一样的，觉得自己能赢，fight！对手太强大，当然 flight，溜之大吉。动物界的战斗成本高昂，没命的可能性大，太爱战斗死得快。

逃跑总是损失比较小的。

为什么有那么多人求稳定，而这稳定只不过是吃不饱、饿不死？一个年轻人，花了几十上百万教育费用，做这种选择，本都难回，不很奇怪吗？这就是因为逃跑偏好。

自由人不稳定，感觉要为每一餐饭战斗。

在这恐慌期不轻易逃跑，最后通过一次又一次的战斗幸存下来，是最首要的任务。过十来年往回看，那都不是事，再难的关卡，好像也能过，过了，一点不显得难。

没幸存的人，并不会死。只是意志力消失，老天给的才智无从展示罢了，在这个物质过剩的年代，混到老，一点不难的。

意志力强的人，不怕大挑战；意志力一般，甚至弱的人，是不是就没办法，只得认输？

有个简单的策略可解决这问题，并不需要你突变。

那就是把挑战分解到极细。你的大脑每次都觉得必胜。

比如锻炼，保持身体健康，有益无害，坚持的人却少，那是因为一开始挑战太大，动不动就得半马全马，卧推一百八十斤，每次尝试都是沮丧和伤痛。把目标减少到每次跑四百米或五分钟，轻松愉快完成，全是战斗胜利的快感。而据统计，就是长期只保持这种极低强度的运动，身体素质也可得到提升。

我每次跑一万米，最后当然是会累。我起跑前，都骗自己，就跑一千米，一千米过后，再骗自己，又跑一千米。奇怪的是，大脑很信这种任务拆解，甘愿上当。

一个大学毕业生，目标是上海，整体任务重：妻子、房子、车子、票子，一想起来，感觉整个陆家嘴都压在胸口，不逃跑就要被压死。

把任务拆解了，不外乎是：到上海，找工作；找到工作，保住工作；加薪，换更好的工作……简单的一步跟着简单的一步，每一个挑战都可应付，哪有跑的必要呢？

你每天晚上躺在床上，都可以用通关的喜悦取代疲惫：不错，今天的任务没让我逃跑，我赢了。

人一辈子，也就三万多天，恐慌的年轻时代，三千多天，它经不住你赢几天。

加油吧，小老虎。

没有勇气的年轻是可耻的

在舆论里，在抒情里，人们普遍对大都市不友好。它的形象是：冷漠、肮脏、污染、碾碎小人物梦想的地狱。

但是，了解人们真实的欲望与选择，不是看他们说了什么，而是看他们做了什么。

中国的重要城市，比如北上广深，人口迅速增长，无论采取多少打压、限制手段，也无法阻止这个趋势。一个人在做选择时，要顺应这个真实的趋势。

一位在天津读大三的姑娘，给我留言，询问大学毕业的工作地选择，她有三个选项：天津、深圳和山东某三线城市。

提前一年考虑，这是好习惯。不少孩子，面临重大选择时，比如高考志愿、工作地选择，往往临时起意，全看当下的心情与喜好，像和命运之神开玩笑。可惜，命运之神缺乏幽默感，它只会认为，你真想成为笑话。

我给她的答复是：如果是我，毫不犹豫选深圳。

中国的大都市与小城市，观念差距非常巨大。年轻正是充满梦想的时候，即体现为观念与想法比较独特，你有时间及热情去冒险，你还能犯很多错误。所以改变世界的，往往是年轻人。这与小城市气质格格不入，它们的第一反应是纠正你这个异类。

大都市的好处是，人们都很“冷漠”，谁有心情理你的事呢，你爱干吗干吗，别来烦我就好。你可以把时间精力聚焦在自己有兴趣的事情上。

还是提醒一下，一定要用概率想问题。这意味着，你在小城市，照样找得到宽容自由的人，你在大城市，也找得到无知可憎的好事之徒。只是说，你在大都市里，按自己想法生活的概率大大提高了。正如年轻人也不全是有生气和梦想的，只是说，在年轻人当中，这类人存在的概率高。

有概率的意识，你就不会拿特例去和别人抬杠，能省很多精力，也招人喜欢。

上面那位姑娘，同时还对深圳的房价表示了担忧。同样，用概率想问题，能化解不少忧愁：如果深圳多数年轻人没房子，也过得不错，那么，只要我做到平均水准，没房子也过得好；如果深圳多数年轻人都有房子，那么，只要我做到平均水准，房价看起来再高，我应该也会有房子。如果你没信心做到平均水准，回到小县城，照样也买不起房子。

大学刚毕业，你没展示你的能力，你收入也低，别指望别人看重你，更别想着马上要有房子。最该做的，是迅速提升自己的能力，增加收入。去发达的大城市，那里人更多、市场更大、分工更细、机会也更多。

始终难忘曾经见过的一则小新闻，写的是上海一位捡破烂的中年妇女：她租住在小小的杂物间，每天工作十来个小时，就靠翻捡垃圾箱，除了养活自己，还能供儿子读大学。她说：我喜欢上海，这里真的有机会。

她身上的勇气，以及对机会的判断，我觉得，本来是年轻人该有的，可惜，很多人丧失了。他们中的一些弱者，甚至以为，我读完大学了，从此后，应该有人供养我；我的日常生活，自然只剩拍拍美食、发发呆，再P一张自拍，发朋友圈。

年轻的时光及勇气，太有价值，值得用来拼一拼。

* * * * *

最近有两位亲友，可能要去北京。一位是新人，得到了第一份工作；一位是要转型，面临更大的挑战。

作为“养尊处优”的南方人，他们担忧的是北京的服务业（尤其是餐饮）不如南方的都市（比如上海、广州），况且还有经常上新闻的雾霾。

我想，我面临同样的处境，在其他条件相同的情况下，在北京与上海中选，肯定是选上海的。我还是更喜欢南方的都市。

但是在没得选的情况下，机会只在北京，那也不会犹豫。只要有质的飞跃，从无工作到有工作，从一般的工作到心仪的工作，或者收入有大的增长，那么，餐饮差点，空气糟一点，无所谓的，这些因素，毕竟可以弥补与克服。

无论东西方，舆论与偏见，对大都市普遍还是不友好。这可以理解，人类城市化的进程，毕竟还很短。

我常收到如何选择工作地的邮件：在小县城还是在大城市？在三四线城市还是在一线城市？

答案的原则很简单：在自由选择的前提下，人越多的地方越好。

具体说，北上广深比其他城市好，发达城市比落后城市好，县城比乡村好。中国人现在移动的自由度提升了。当然，还有不少限制。如果放弃这些限制，一线城市及区域中心城市，将迅速聚集比现在多的人口。

人口的聚集，人们容易只看到其表面的“丑陋”：拥挤、脏乱、贫富悬殊。其实人们都在享受人口聚集的好处。以贫民窟为例，这个所谓的“城市病”，似乎看了让人很同情，中国的城市也有，只是比较隐蔽。但你只要多想一步就行了：为何这些人宁愿选择城市的贫民窟，而不是乡村的“好生活”？那是他们认为城市的贫民窟好过乡村的“好生活”。

一则统计数据表明：2015 年，中国的户均资产是九十二万，中位数三十多万。这意味着，在一线城市，有套房子，你变现了，搬到乡村，就可以舒服地退休了。可是，有几个人会这么做？多数人本能地知道，虽然要还房贷，要工作，有压力，但是留在大都市，才是留在机会、财富与未来这边。

自由人越多的大都市，意味着市场越大，你的钱可购买更多更好的产品与服务，你生活的品质将提高；自由人越多的大都市，意味着分工越细，有更多的钱购买你的产品与服务，你工作的报酬将提高。

当你是唯一的自由人，像鲁滨孙，你得种田、造船、捕鱼、做饭……累得半死，温饱都成问题；当你身边有无数自由人，你只需要做你最擅长的一件小事就可以了。其他时间，享受吧。

大多数人的观念，往往是昨天的成见，也有悖于他们真实的行动。声称两袖清风的，往往虚伪又贪婪；声称坐怀不乱的，可能是因为没有性能力；厌恶大都市的，往往生活在大都市。

不仅要看人们说什么，还要看人们做什么。人们往中国的几个大都市聚集，这行动，比人们口头厌恶大都市，重要得多。

去自由人多的地方，永远不会错。

如果你爱自由，如果你是一个自由人，自由人多的地方就是你最好的归宿。

我为何赖在你身边？

遇上一个很喜欢的人，你总是希望和她多待一会，这是人的本能。可能会害羞，但你愿意尝试，知道宁可丢一点脸，也得开口争取。

你不会嫌她太漂亮，你也不厌恶她太聪明，你更愿意她一生都爱笑。

在青春期，你一定迷班上最漂亮的那个姑娘。这是生命最真实、最原始、最有力量的冲动。你那一下被点燃的感觉，肌肉要记住，脑子也记住。

以后有太多人劝你放弃最漂亮的事物，因为退缩的、萎靡的"我不配"，这些慢性自杀式的观念，很有市场，具有成瘾性，一不小心，就像香烟一样，你每天消费二十根。

先扯个建筑美学，我非常喜欢摩天大楼，我有轻微的恐高，但是一点不妨碍我喜欢站在高楼欣赏城市，甚至因此更有快感。看着城市里的楼越来越高，住宅楼也动辄五六十层，我很开心。按这种技术进步程度，等我多赚一点钱，以后可能住在几百层以上的高楼，在云端之上，开阔、寂静、无人打扰。坐几分钟电梯，又可回到凡间，汇入人潮，让辣鸡翅弄油自己的手指。

所谓的大隐隐于市，原来更多是比喻，借助现代城市与摩天楼（当然，高墙大院的都市别墅也行），终于成了现实。一部电梯，上则出世，下则入世。

当然，城市生活贵，越好的城市越昂贵。白居易时代的人就知道：长安米贵，居大不易。这种常识，现代的知识分子与都市新人，仍然在抱怨，年年演一出逃离北上广。精神鸦片，总是有需求的。

我希望你不抽这一口鸦片。你的肌肉有线条，你的脑子总是清醒。

有一首歌，我可能听了几百遍，弗兰克·辛纳屈的 *New York, New York*，它是罕见的城市赞歌，描述美国的乡镇青年向往纽约，渴望在这座不夜城醒来，为这城市添上新印迹，小镇乡愁，将在纽约慢慢融化。最终，自己不只是纽约的一部分，还要成为纽约之王，NO.1。

这首歌里最有价值的不在于此，而是用一句话说出了那种进取的、自信的、野心勃勃的观念，我称之为“总冠军观念”。

总冠军是什么，击败了最强对手的那支队伍。不强壮、不聪明、没有韧性，不可能成为总冠军，有不少人技能、体力都不差，只不过意志上软弱，从来赢不了。

纽约聪明人最多、竞争最激烈、房价最高，想用这压力逼我逃跑，没门，辛纳屈唱道：我若在纽约成事，我就能在任何地方成事。

我战胜了纽约的挑战，我是总冠军。一个中国的年轻人，若有总冠军观念，那些米最贵的地方，反而让他兴奋，像要上场的拳击手。

不要逃跑，否则你会一直逃，逃到无路可逃。面对好地方，看见，征服，我要在此地成事。

你就是自己的最大保障

要有保障，这几乎成了新宗教，家长们一开口就是这句，似乎世上真有魔术，你轻轻松松，不用做什么，一切的保障都有了。

最重要的保障，在我看来，就是多赚钱，钱是一切的保障——能用钱解决的事，都不是难事。

一切保障，都要购买，都需要钱。钱，总是由某个工作着的人赚来的。如果你不工作或不创造价值却有保障，那么，一定是你剥削了其他人。

暂时来看，是有这些人的。但长久来看，这些人付出了灵魂腐烂的代价，希腊就是现成的例子：全国近十分之一的人口是公务员，不少人不愿意辛苦工作，BBC曾报道，希腊有人宁愿去垃圾箱捡食物吃，也不愿意工作。要花钱怎么办？借。还不了怎么办？赖账。

由于我是自由职业者，慢慢地，玩的朋友，谈得来的人，几乎都是自由职业者，我对他们如何得到财务自由也很清楚：想要更多的钱？不是去抢、去讨，而是想办法让他人购买更多自己的商品和服务，更勤奋地工作、投资，或者，冒险。

和这些生机勃勃的人待在一起，人类自古以来的天理，你将视之为正常：你就是你的保障，自己养活自己，天经地义，还有什么可疑问的？

面对未知，人肯定会有恐惧。但这就是人类必然的命运——为未来担忧是智力的体现，猪和狗不为未来担忧。如果你一直灌自己迷魂汤，似乎只要占据了某个位置，就不需为未来担忧，那只不过是把自己的智商降得足够低，你的保障未必增加了多少。

有一个孩子高中毕业，最近正在填志愿。他的一位亲戚，极力建议他去读石油类学校，理由是，毕业分配进了国企，一生有保障。有意思的是，这位建议者，刚从这类企业下岗——人的心智被败坏，就是会这样“看不到房间的大象”，只爱自己的偏见。

我的建议是，无论读什么大学、什么专业，要牢记这八个字：自食其力，终生学习。大富贵，都是自己挣的，不是别人施舍的。

禅宗大师百丈怀海的信条是：一日不作，一日不食。他老年时，弟子藏起了他的工具，不让他干活，他就真的绝食，直到得到工具继续干活。

现在不是农耕时代，生产力大大提升，一天所作，能吃好几天，甚至几个月；但是，一日不作，一日不食，这信条，永远是天理。作为一个自由人，接受这个前提：我，就是我的保障。

* * * * *

近来有机会接触了一些悠闲职业里的人，让我非常吃惊的是，几位二十多年前毕业于国内一流大学的人，在发达城市里，竟然不知道电子邮件为何物，而且不是个例。若不是自己的经历，我绝不会相信别人的类似叙述——我相信读者中也有很多人不信我说的这件事。

这也是为什么我不建议年轻人追求寄生的职业。对知识与技能几乎没有更新要求，用进废退，再聪明的脑袋，在这种环境中，都会变笨，这是巨大的损失。只有竞争，那种强手压境的风险，才能让一个人的本事越来越大。

一个社会信奉寄生，歧视生产，奖励弱者、惩罚强者的制度开始运转，那就很难阻止其衰弱了。一定要弱到寄生者再无腐肉可吃为止。这主题体现在许多美国读者很喜欢的一部小说中，安·兰德的《阿特拉斯耸耸肩》。它的铁粉们甚至认为它是比《1984》更伟大的20世纪小说。我对此有保留，《阿特拉斯耸耸肩》带有主题先行色彩，主人公有无数精彩但是游移于小说的演讲，从小说艺术的角度，远不及《1984》，但它确实是塑造强者精神的一部小说。

如果你喜欢读小说、又想借读小说获得经济学常识，同时享受自立自由精神从头顶灌入的感觉，我建议你读这本长达九百页的小说，每天读三页，只需一年而已。读过这部小说，对寄生哲学就会免疫。

在你开始阅读它之前，我可以先推荐其最核心的一句话，供你救急：我以我的生命和对生命的爱发誓，我绝不为他人而活，也绝不要求他人为我而活。(I swear by my life and my love of it that I will never live for the sake of another man, nor ask another man to live for me.)

按这原则操作，可以解决职业困惑：你不再会选择一个需要他人供养的寄生型职业，更不至于以此为豪；你也不会热情过度，主动为他人牺牲。你为你活着，你越强大越自由，你的家庭就越好，全人类就更好。

主动追求有压力的生活

睡到自然醒，每天无压力，生活有保障——你是不是做过这样的梦？

百分之九十九的人做过，不说百分之百，是怕引起不必要的争论，我本意是想说百分之百的。我也做过。

不过，随着认知的增长，我早放弃这种梦想，而且意识到，这种放弃正是成长的关键。有点压力，对人很有好处。

有人吃饭是为了活着，有人活着是为了吃饭。可以不做任何事的生活，就是后一种，它并不如看起来那么幸福。

我如果放低一点生活质量，明天就可以退休，再也不必考虑下篇文章写什么。我知道，那种生活过十天，就会非常无聊。身体与脑子加速退化，就像很多退休者那样。

发达都市区，很多人的孩子已经独立，不存在教育资源的问题，自己又还年轻，也不存在医疗资源问题。他们只要变卖一套房产，就可以退休到风景优美、空气新鲜的小县城和乡村，再也不用为工作的事担心。偶尔有人这么做，但大多数人还是流向发达都市区。也就是说，主动追求更有压力的生活，并不违背人性，甚至更契合人性。

什么都不用干的生活是无聊的，无聊有致命的心理杀伤力。

人是寻找意义的动物，他们完成繁衍，还能活几十年。其他动物，很难有类似的生命历程，不能繁衍，意味着浪费资源，将很快被消灭。

心理学家维克多·弗兰克尔在残酷的纳粹集中营发现，囚犯觉得生命没有意义后，将加速死亡。而意义，不难寻找，有个犹太男孩，为了保住自己的一颗钻石，反复在看守搜查时吞下，然后拉出，在大便里找回钻石。

我们的人生，就是寻找意义之旅。

无聊，就是没有意义。当一个人觉得无聊时，他会随便找件事赋予意义，有时候很可怕。无聊降临在任何一个群体，都是可怕的。

王朔的小说里面，将十多岁的不良青少年称为生瓜蛋子，黑社会老大，打打杀杀见多了，但也怕生瓜蛋子，他们是真正不惧后果、有刺激就找的人。寻衅滋事，对他们来说，打破了无聊。

十来岁的孩子，读书不好，失去了学习的兴趣，由于过度关爱的法律，他们又无法当童工，享受不了学习技能、工作和赚钱的乐趣。越来越无聊，破坏欲望就越来越强。

很多老人喜欢介入孩子生活，这是中国家庭的大毛病。这也是因为无聊。一直有自己工作的老人，时间都用来解决更重要的问题，他们得到尊重，获得成就，不缺意义。像特朗普这样七十多岁还干活的人，中国有很多，自由职业者，一般都保持这状态。他们怎么可能端着碗追着孙子塞饭？

很多老人把孙子喂得超级肥胖，热衷于强制孩子做各种选择，后面都是这种诉求：我有用，我正确，你们离开我，就得饿死，就会犯错误。这种偏执还特别难改，就是因为这偏执让他们脱离无聊，赋予了生活意义。没人需要他们，他们又无事可做，生命就崩溃了。

在福利制度全球流毒多年的情况下，年轻人的工作观，往往受到这样的毒害：最好找个有保障的、没有压力、可以混的工作。工作是为了福利，自然干得越少、拿得越多越好，福利制度就是养懒人制度，这点永不会变。

真找到这种工作，你就如愿找到了无聊。精神状态将越来越像粗暴的生瓜蛋子和一些烦人的退休老人，你将试图在惹事、埋怨、飞短流长和干涉他人当中，强行注入自己的意义，将生活打扮得自己可以接受。

去找那种有挑战的工作，你的收入和地位，与你的能力、智力、勤奋、冒险精神挂钩，危机的影子总是存在，你不长进，就害怕，这样你将彻底告别无聊。成长和意义，一生捆绑在一起，精力都花在正确的地方。年少时不惹事，年老时不烦人，因为你总是自得其乐，你总是有意义。

* * * * *

想不到连叔也有压力！——有朋友这样留言。

我一直会有压力的，以前连哥有，现在连叔有，以后连爷爷也有，将持续到人生的最后一刻，那死亡的压力。

压力太大的人生不值得过，也比较变态。希望所有人不要追求那种“大禹治水，三过家门而不入”的圣人生活，为自己和家人负责，已经很好，别揽太多活，更不宜公而忘私。

我和你一样，一直在寻找缓解压力的方式。有几个办法很有用：

一、努力工作，多赚钱。手头一紧，什么压力都来了。

二、保持健康。除了天生的疾病或意外，绝大多数人可以通过饮食和锻炼改善健康状况。

三、终生学习。你的烦恼，也是别人的烦恼；我的困扰，说不定别人已找到方法。学习让人头脑保持足够的活力，也能借用他人的头脑。他人的酒杯，可浇自己块垒。

当然，你非常容易找到勤奋、好学又多金的人，他们照样压力山大。年收入上百万，却比工薪阶层更恐惧。收入越多，安全感越少。无钱时梦想“有一千万就退休”，真有一千万，却去加杠杆赌一亿，搞得夜夜噩梦。

这是为什么呢？请听我解释。

最重要的办法不可缺少，它是：理解压力，它就是人生的一部分，将它理解成像引力一样的力，就行了。只要是人，你就有压力。

不知道这点，你就会假想自己能够依靠他人他物彻底化解压力：如果我钱够多，就不会有压力；如果我官够大，就不会有压力；如果我父母开明，就不会有压力；如果我有旱涝保收的工资，就不会有压力；如果我的孩子考第一名，就不会有压力。

你到了上述任何一点，都有压力。

找个更极端的例子。贝索斯，亚马逊的创始人，美国排前几名的富人。按常人来看，他会有什么压力呢？有任何麻烦，用钱不就解决了？

由于特立独行的管理方法，即使在亚马逊极为成功的今天，他也饱受压力，因为他对公司财务的理解是：关注长期现金流，而非净利润。他更乐意把钱拿去投资，而不是作为利润分给股东。

对待批评，他的反应是：我要做的就是说清楚自己的想法，投资者有自己的选择权——言下之意是：你不爽别买亚马逊的股票，老子不会迎合你们。

十多年前，互联网泡沫破灭时，华尔街认为亚马逊很快会完蛋。当时的贝索斯也是这个态度：你们尽管猜想与议论，我做自己的事。

我一直认为这些顶尖的企业家是最好的人生导师，他们管理企业的方法可以用来管理人生。为了得到这些方法，他们可要花掉无数金钱。

想清楚，做好自己的事，靠自己，不寄生。同时，不太理会别人的想法与议论。这样，压力自然而然保持在正常的水准，以至于你看起来没有任何压力。这样的你，将接受压力，只有压力，才能迫使你变得更强。

有一句抱怨永远可以用：都是因为别人给压力，我才放弃我的人生。别人给压力，这是实情，你做任何事，都有人不同意。但人生，是你自己放弃的，因为，你觉得满足施加压力的他人，比自己的人生，更重要。

你要爱自己，没人比你更珍惜自己，你是你最后的防线；你是你不能破产的企业。

你不是他人的工具，你是自己的目的。

你当然会抱怨，关键是何时停止

我曾经爱抱怨。这没什么不好意思承认的，我年轻过。

我因此成为一个批评家，写下过许多愤怒的文字，我也因此失去过许多机会。

我现在也是一个批评家，但是早就告别了抱怨。可能应该感谢一本书，它告诉我：周边环境确实不对，确实有理由抱怨和愤怒，但是，你还是在撒娇，你还以为自己是受关注的中心。

正确的思维方式是：假想环境不变，你能有什么变化？

这么一想，抱怨就没什么意义了，不过耽误自己时间而已。

人生的转折，往往只需要一个角度的变化。你也会迎来这个变化。

孩子，年轻人，一定会抱怨，他们处在关注的中心——至少在家里是如此，抱怨是索爱的常用技术，是让身边的人围着自己转。

这种行为模式，披上理想的外衣，用大词语美化一下，就是理想主义：现在永远是糟糕的，为了理想，我愿意死掉。死，就是最强烈的抱怨。

但真正的理想主义，是找到办法在现有条件下生长，而不是死亡。

你问我当下的世界有没有毛病？有，很多。再过一百年的未来世界，也会有很多毛病，因为愚蠢的人，愚蠢的想法，总占一定比例。在特殊条件下，这些愚蠢还会占主流，就像流感突然发生一样。

也就是说，一个爱抱怨的人，永远有素材抱怨。你一定能发现有些老年人保有这种气质，他们往往一事无成，他们惹人讨厌，因为世界、配偶、孩子，甚至天气，全跟他做对，所以他一生才这么不幸。

你也可以这么抱怨一生，你有大把素材：

你爸妈不够爱你；

你家不够有钱；

你不漂亮；

你的老师忽视你；

你的初恋情人离开你；

老板不欣赏你的才华；

你的孩子不够聪明；

……

只要你愿意，你可以抱怨到死。只不过，身边那个抱怨的老人就是你的将来，如果你愿意像他一样过一生，可以不必改。

但你是想改的，所以请转换一下角度：

你问我现在是不是最好的世界？是。

感谢技术进步，感谢市场，人类第一次普遍进入物质过剩阶段：我们考虑断舍离过多的衣物，我们拼命减掉身上过多的脂肪。我们能以时速三百公里前行，我们也能瞬间获得新观念。

从人类文化诞生至公元2003年，人类产生了5EB的信息，而现在，我们每两天就产生5EB的信息，而且持续加速，或许，很快一小时就将产生5EB的信息。

我们正在见证人类社会的巨大飞跃。激动人心的时刻随时都在发生。

是的，各种信息壁垒、各种对立，都存在，但是同时，也是最丰盛、最广泛交流的时代。

生活在当下是幸运的。即使今天有十件事让你抱怨。

我建议你成为一个乐观派，因为理性推演出，你必须乐观。

你不信你将来会饿死；

你不信你将来没衣服穿；

你相信你分手后还能找到更爱的人；

你相信你有房子；

你相信你有更大的房子；

你相信孩子将生活在更好的世界；

你相信市场的力量不可逆；

你相信你将度过创造性的、健康的、丰盛的一生；

你甚至相信你能看到星际移民；

……

我们正身处伟大变革当中，而一个爱抱怨的人，只会看到各种不方便，只会虚构过去的各种美好。

停止抱怨，是成长的转折点。

停止抱怨，你才会开始聚焦于解决方法，你才会发现自己的潜能，你才会学习他人的长处。

停止抱怨，意义才会产生。

停止抱怨。对，就是现在。停止。

停止。

用工匠精神请客

工匠精神，这词现在很热。但是，什么是工匠精神，估计就不清楚了，瑞士表匠才需要知道吧？我们又不是工匠。

由于社会分工，现在每个人能做的事，只有一点。这是好事，这样每个人精力聚焦，这一点事效率特别高。现在不需要百科全书式的人物，什么都会的，就是谁都不需要的。

在这个意义上，我们每个人都是工匠，有必要知道什么才是工匠精神。我理解的工匠精神，就是时时在想怎么把自己擅长的一点事做得更好。

让我说个故事。

有次我去买鞋，店里人很多，我看中的那双鞋，在仓库里，得爬几层楼去拿。店员正准备去时，一个姑娘经过她身边，见状停下脚步。

从她们简短的对话中，知道这位多问一句的姑娘交接完工作刚下班。

她说，我去拿。

拿了鞋，她才离开，和在店门口等她的男友（或老公）离去。

这就是工匠精神，她多服务这十多分钟，体贴顾客，协助同事。人的感情是与品牌挂钩的，看见这种店员的顾客，怎么会不喜欢这品牌？

当一个店员，门槛极低，但有没有工匠精神，有没有比别人更好一点的想法与能力，就分出了神与渣。

正如谁都可以凿石头，只有米开朗基罗说，我在石头里看见了天使，我得努力工作，把她放出来。

又有一次，我到一大品牌的专卖店，前面一位顾客刚刚离开，一位店员一边收拾衣服，一边面带嘲讽对她同事说，他被价钱吓走了！

她毫不避讳我这个顾客站在面前。她的同事默然无语。

我当时在想，这个品牌太草率了，竟然招这样的店员，这是砸自己的招牌。一个店员以为自己卖的是高档货，自己就高人一等，这是最差的店员，她对不起雇主，对不起品牌，对不起同事，更对不起顾客。这是工匠精神的反面，她的作为让所有人过得更差。

第二种店员，这种人，在我们身边，其实并不少。当他人不合自己意思时，就贬低、羞辱他人，以获得病态的快感。

而那些让我们喜欢的人，我们觉得，他们就应该成功，就应该过好日子，多半像第一种店员，简单的事，她就能做得比别人出色。

你最近在做什么？有没有琢磨怎样做得更好？估计真正的工匠永远都在琢磨。

看过一个日本企业家讲请客心得，印象很深。请客这事，似乎很难发掘出新意：准时到达，照顾客人口味，这些谁都做得到。此外考虑停车方便、路途通畅的，已是大师级。

而这个日本人说，我作为主人，准时到达是不够的，提前十分钟也不够，我一般提前三十分钟到达。这段时间，我向服务生了解一下充电器插座的位置，熟悉去洗手间的路线，并体验一下；当然，wifi 的情况更要掌握。

朋友到来之时，手机没电、连 wifi、上洗手间，这些都会大概率发生，由你这个主人告知，比喊“服务生来一下”，显然更温暖。

或许你已经这么做，但我还是开了眼界。习以为常的事，都有工匠改良得更好。

任何人，总得为他人提供服务和产品，让人更加喜欢自己，这是学问。这是所谓的情商高：你知道别人的感受。这点被一些人庸俗化为违背原则，猛拍马屁。这导致另一些人认为自己情商低是优点：这证明我有原则！

上面的例子说明，情商高与有原则并不冲突。“我一定要把自己的工作做得比别人好”，这是原则，它不拍马屁，可它恰恰触动人内心深处被尊重的需求，这后面有严格的自律，有高明的艺术，就是卖鞋、请客这类普通的事，他们也能变得像恋爱一样新鲜美妙。

只要你做事，工匠精神无处不在，一起发现、一起实践吧。反正，我每天都在想，怎么才能把文章写好。

想按自己的方式生活？看你出多少价

你可能会问，为何人生从懂事起，每个阶段都有不少烦恼？有什么办法可以逃离吗？

不必烦，因为人生就是有这么多痛苦的。这也是现代人特有的。罗马帝国，其子民平均寿命不过二十八岁，全人类，平均寿命在工业革命之前，不过三十来岁。按现在的标准，多数人还来不及开窍就死了。一个人成年时，他的父母可能也都死了，没什么两代矛盾。

按自己的方式生活，特立独行，这都需要比较长的寿命来保障，在发达城市平均寿命达到八十岁左右的当下，我们有机会做更多的选择。

很多人想按自己的方式生活，但最后随了大流——即使很痛苦——按照其他人的意愿成家、择业、生子。为什么会做这种选择？

因为随大流的成本最低。

举个例子，在生育现象上，穷人的生育率更高，有的生到绝经为止，这被很多人当作穷人蠢的例子。实际并非如此。穷人生孩子，是其最经济的手段。因为穷，相应地，时间体力也就不值钱，他们很难积累足够多的财富。这不值钱的时间用来养孩子，保证在他们衰老时，有孩子照顾他们——照顾的质量或许不高，但至少有人照顾。

人会随大流，就是付不起特立独行的成本。穷人会恐惧孩子少，正如富人恐惧资本减少一样。

经济发达，生育率下降，生活方式多元，这是因为付得起成本的人多了。

曾经有读者问我，为什么你说丁克或不婚需要更高的经济收入？他们不需要养孩子，花销不是更少吗？

丁克与不婚，财务规划长达人生尽头，为了在人生最后阶段尊严体面地迎接死亡，要存很多钱，而且要保证这些钱不会被贬值抢劫——这不仅需要你工作值钱，你还要有战胜通胀的投资水平。

按自己的方式生活，不是逃避，而是战斗。不是跑到没人追我的地方，而是赢了侵犯我的人。

天桥底下的流浪汉，是最自在的，没有任何人会烦他们。你把身份证扔掉，一个月不洗澡，你的狗都认不出你，就可以过上这种生活，你会这样特立独行吗？

不会，这是逃避。

人需要爱，需要尊重，需要实现。它们靠逃避都得不到。这些都需要你赚更多钱，因为钱是最有力量的自由工具。

钱能买到服务，让你和你爱的人过得舒服，即使你们到了一百岁；钱能证明你的价值，你确实提供了别人需要的服务与商品；钱能提升你的阶层，对他人私生活更不关心，因为你知道多元的价值。

你还年轻，你想按自己的方式生活，这是肯定的，也恭喜你处于一个好时代，你只要有勇气，在城市租一个小窝，就可以起步——这不难，然后，尽量赚更多的钱，让它们成为你的铠甲，你想怎么活，就怎么活。

终有一天，你发现，你什么也不怕了。

你会感谢多年前自己开始的战斗，否则的话，你不得不随大流，活在他人的标准与评价里，害怕有任何一点不同：因为你付不出任何成本。

好东西都很贵。自由、特立独行，都是好东西，准备好钱。

学好失败学

成功者是舒服的。这也是谁都想成功的原因吧。

比如马云，他的一半见解相当卓越，因为他创建了大企业，这部分的经历、眼界，只有他这个层级的企业家才有，全世界能有几个？

他的另一半见解，感觉就是一个为了博关注的青少年，一个怕过气的网红。但是你一点办法没有，因为他是首富，是耀眼的成功者。

如果你有马云的财富，你也可以这样，别人得忍你。而失败者就双重不舒服了，你或有卓越的见识，但是别人怀疑，你一胡言乱语，更加嫌弃。

正因为失败如此可怕，太多人想摆脱“失败者”的标签，它几乎是人生最大的危机，太多人一失败就惊慌失措，结果逃到了更糟糕的境地。

他们应对失败，还是按照人类大脑最本能的方式，就是爬虫脑，像蛇一样反应，不是拼死一战，就是夺路而逃。爬虫几乎都在逃跑，比它高级、强大的动物很多，它总是处于惶恐的逃跑当中。

人之所以成为人，万物之灵，地球食物链最顶端的王者，就是人脑会有理性思考、有逻辑、有概率，能够过滤掉爬虫脑带来的恐慌，面对失败不逃跑，把信息交给理性思维，这是人类特有的，也是人类进化得如此之快的原因。

失败是养料。

遗憾的是，大多数人并没有学好失败学，只要失败一发生在自己身上（这是必然的），我们就觉得受辱、羞愧、无脸见人，只要让我逃跑，什么都可以接受。

在上学的孩子，百分之九十无论如何努力，无论进哪个名校，他们仍然无法进入前百分之十，他们成为家长、老师标准里的失败者，家长们可能更愿意选择责骂、加倍严厉来体现自己的责任感，孩子只好通过沉默、切断沟通及自虐，建立一个保护壳。这些孩子长大了，更不容易发现自己的长处，他们独立后，可能更想放纵一下：反正我是失败者，对自己没什么期待值。

恋爱中的人，没有失败感受的，是不存在的。无法承受失败的人，常会发生这种情况：一次恋情失败后，迅速地随便找个人结婚，这暂时发泄了怒气，也向前任示了一下威，但却不是正确对待失败的方法。这种草率的婚姻，往往带来无尽的悔恨，并生下一个或数个你觉得对不起他们的孩子，同时，他们也把你锁死。

你创业，你研究，你做的一切，都充满了失败。

就是我写一篇文章，也会遇到失败。脑子想的东西，要落实成一篇文字，转化会遇到许多障碍，在任何一个失败点停下，文章都无法完成。

失败就是人的正常。对失败无法忍受，即对人生无法忍受，我们就会陷入活死人状态：我什么都不尝试，我彻底退让，这样总不会有失败吧？

对失败要有耐受力。这是最好的失败观。

人就是拳击手，一直打到人生尽头。再伟大的拳手，也会被击倒，拳击规则是，裁判数秒结束前站起来，你就还有搏斗的机会，你躺着起不来，那就彻底输了。

人生不是拼谁没有倒地，而是拼谁倒地了可以最快站起来。

一切领域的成功者：作家、球员、程序员、收获美好感情的人、得到孩子尊重的父母，他们都善于接受失败，并通过吸取经验避免同类失败，最后到达成功。他们并不会把失败当成耻辱，被击倒一次，就彻底躺下，他们总是尽快站起来，宣布新的搏斗继续。

失败后，自怜、愤怒、沮丧、绝望，都可以理解，都是正常的反应，但要告诉自己，这些情绪只是提醒我要理性分析这次失败，从而尽快站起来。

失败者得到的关注、怜悯与尊重，总是比较少的，失败者只有自己关注自己、自己为自己打气，你才有第二次机会。

善于失败是获得成功的最基本技能。带着这句话，去求知、恋爱、竞争。

你不是马云，别人不会奉承你，你只有你自己，赶快站起来。

一切皆有成本

一切皆有成本，建立成本意识，抵制忽悠，这是一个人最难的转变。

成功者只是少犯错误而已

人生如果是场比赛，胜者不是做对了多少，而是少犯了错误。

毕竟，人是犯错误的动物。

人是地球上唯一会使用理性的动物，所以他们发明了逻辑、数学和物理，观测到了宇宙之大，也研究了人类精神的微妙。但这并不意味着人的每个决定都是理性的，他们往往被非理性掌控。

人是理性动物。这句话的正确解读是：使用理性更接近于人的定义，使用理性更多的人最终将胜过那些更少使用理性的人。

美国股市有位传奇交易员理查·丹尼斯。1970 年，他二十来岁，借了一千六百美元进入股市，最后挣了两亿美元。

在外人看来，理查是个天才，一般人学不来。可是理查并不高估自己，他认为，自己只不过是更了解人性，知道人常犯哪些错误，只要避免这些错误，就能用别人的错误赚钱。

理智正常的人，都能理解他开列的八种常见人性错误。

当然，你不一定对狭义的投资感兴趣，股票、证券、房产这些东西，你听了就烦；可你逃不了最大的投资：你不得不投资你的人生。

所以，这八种错误你要牢记，并避免：

损失厌恶。害怕损失，不愿意承认错误，亏一毛钱本来无足轻重，可是这种情绪将其放大到损失一块、十块。分手时，你的前任痛哭，可能不是他爱你，而纯粹是损失厌恶。

沉没成本。你投资出去的钱，你花的时间，你看得更重，总想等着回本，希望沉船浮出水面。同样遇人不淑，一个月容易分手，十年就难，其实后者应该更急迫，因为你浪费了更多时间，事实却相反。人为什么爱上自己的错误？上年纪的人为何不愿放弃错误观点？可以从沉没成本上找原因。

屁股效应。你将合理化你的处境。恶婆婆看见全世界都是恶媳妇，恶媳妇看见全世界都是恶婆婆。逆行者，责怪全世界都逆行。

结果论。搞不清因果关系，结果好的，就认为初始决定是对的；结果坏的，就认为初始决定是错的。自由恋爱有成仇的，包办婚姻有美满的，结果论者，永远不知道自由的可贵。

只重眼前。贪小便宜的、欺负弱者的、不讲诚信的，这些人，一言以蔽之，就是没有时间观，把当下看得太重，没有历史，也没有未来。

锚定好消息。就如王小波写的花剌子模国信使，给君王带去好消息的，将受提拔；带去坏消息的，则成为老虎的口粮。不忽略坏消息，才能免除危险，可惜大多数人的做法刚好相反，把有价值的声音都喂了老虎。

从众。总是跟随多数人走，别人结婚了，我也得结婚；别人生子了，我也得生子；别人吃猪肉，我就得放弃牛肉；别人家的孩子好，我就得嫌弃自己的孩子。从众的人，没有自我，永远是最痛苦的一群人。

迷信小概率事件。或者说，不知道概率为何物，所以，你总是会被“我有个朋友说”“我有个亲戚发财了”“某地有个隐居的神医”这类话语蛊惑，觉得每天都在错过百年难遇的机会。你容易上当，你容易滥赌。

这八种错误，你一定犯过，或正在犯，这没关系，因为我们是人，生来就要犯错误的——人的成长，显著体现在越来越少犯错误。

这八种错误，或许在将来，经常跳出来诱惑你，你能克制，知道它是错的，即使不赚两亿美元，人生也将快乐得多。

* * * * *

人害怕犯错误，如果我们知道自己何时不再犯错，那是何等有价值的信息。

从小开始，当我们犯错误时，父母师长都不开心，第一时间冲出来纠正我们，每一次，我们心里都深深地自责：我为什么不做得好一些？

难怪有人说，教育是羞愧的来源。这不是说教育不重要，而是说，稍有不慎，教育不当，传授知识的同时，也附赠心理疾病。

慢慢地，我们变成了自己的批评者。只要觉得自己犯了错误，在心里马上对自己施以酷刑。最后看镜子里的自己都烦：你这样一无是处的笨蛋，配不上活得好。一崩溃，或彻底自毁，或嫁给烂人，或只寻求打击自己的观念，无法接受好一点的人与事，总以为那是对自己的嘲弄。

无法容错，一个完美主义者，不宽容自己的错误，也学不会宽容伴侣、孩子的错误：他们一犯错，不合你意，你马上冲出来纠正他们。悲剧的循环开始，多么完美的人生模型。

因为犯错误的创伤太深，人倾向于僵尸化，不说创新与冒险，就是让你离开一个烂人，你也舍不得，心底那个习惯悲观的小人说：何必呢，或许以后更惨，将就吧。

一定要推荐这句话给你，它从 13 世纪开始就存在：

> 明智源于经验；经验源于不明智。
>
> （Good judgement comes from experience. Experience comes from bad judgement.）

犯错误是智慧之源。当然不能将之曲解为故意去做错事，只是说，你仍想得到知识、爱情和财富，那就有许多因素在你掌控之外，你不得不在错误中学习。

说具体一点，在恋爱上，许多家长（或当事人）设定的规则是：不许恋爱，只谈那次婚前的恋爱即可。似乎这样可以避免错误和“伤害”，直接尝到爱情的甜头。

结果就是不会恋爱，在极短的时间内不明智（bad judgement）大爆发，一生受伤害。

死了以后，人才不犯错误。所以，不要焦虑，你会一直犯错误的，这是人的命运。

个人是一切判断的起点

经常在公众号后台收到一类留言，句式是：你说的很好，可是在中国行不通。

我们与你们、中国与外国，似乎有两套规则、两套人性。

在某些特殊技能上，一类人与另一类是不同的，比如，黑人跑步厉害，主要就是赢在基因上。

但在人性上，没有区别，我们与你们一样，中国与外国一样。外国行得通的，中国也行得通；中国人做得到的，外国人也能。

说到日本，中国人无论好恶，可能对人家的发达程度、卫生程度、敬业精神都是佩服的。可佩服之余，惯用的句式又会出现：日本是做得很好，可是在中国行不通。

早期西方旅行家对日本的印象并不好：懒惰、肮脏、不守信用、投机取巧，总之，一点希望也没有。现在，没有哪个西方旅行家敢这么说。早年看《罗杰斯环球投资旅行》时，对他评论东京印象很深，他已视此地为发达资本主义的标志，是他最想待的城市。

投资家罗杰斯的眼光挺有意思，也就是没有你们与我们、你国与我国之类的思维，作为一个环球旅行的美国阔人，他亲自看看当地的市场、工人的素质、系统的稳定性，然后判断出有无投资前途。所以，他也一直是个看好中国的投资家，比许多中国人都对中国更有信心。

人性都是一样的，人思考、做决定，只能从个体出发，只有我，没有我们。这是个人主义的思维方式。它认为，相同的条件下，人性将驱使人们做出近似的事情，这是高明的投资家罗杰斯的判断前提：无论哪里人，只要勤奋、有自由、产权有保障，则一定越来越富。反之亦然。

这在管理学大师彼得·德鲁克身上体现得更为明显，当希特勒还是欧洲冉冉升起的政治明星时，各路政客及知识分子大唱赞歌，他看见纳粹青年的游行，发现个人完全消失，预见到欧洲将有危险，离欧赴美。战后，他看见日本人的勤奋与创新，又是最早预见到日本经济奇迹的人。

我们想像这些大师一样，发现希望与财富的所在，那就一定要记住，个人才是判断的起点。要习惯说“我”，要意识到，一个人躲藏在“我们”与“我国”里，这种集体主义思维，无论是自卑，还是自大，都是危险的信号。

* * * * *

埃里克·霍弗，1902 年生于纽约，父母是法国移民，他的经历相当传奇。首先体现在视力上，五岁时他已能阅读德文与英文作品，七岁时却莫名其妙地失明，十五岁时又莫名其妙地恢复视力，他因此陷入再次失明的恐惧，疯狂阅读。

十八岁时，当木匠的父亲去世，由于家境贫寒，木匠行会支付了葬礼费用，还给了孤身一人的霍弗三百美元。这个爱读书的孩子，搭车去了洛杉矶，除了打打零工，醉心阅读十年。

或许看透了世事，他接下来试图自杀，不成，因为缺乏勇气。于是下决心勇敢生活，成了在加州各地流浪的农场工人，干完活就在图书馆读书。四十岁时想参军，又不成，因为患了疝气，只好到旧金山当码头搬运工，此时开始写作。

九年后，这位年近五十的搬运工，出版了他的第一本著作 *The True Believer: Thoughts on the Nature Of Mass Movements*，立刻跻身美国著名知识分子行列。这本书至今仍是心理学领域的经典，中文译名为《狂热分子》，我认为不太贴切，因为他只是客观描述人们如何成为群众运动的“真信者”。群众运动在现在及以后，都能找到这样的“真信者”。

1983 年，他获颁总统自由勋章，此时，距他宣布退休并离开公共生活已经十多年，“不再写专栏，不再上电视，不再教学。我要回到自己的洞穴去——那个我起步的地方”。在他那堆满书籍的“洞穴”里，他也许相当快乐吧。被荣誉最后打扰了一下的他，同年在旧金山去世。

除了书，好像他的身边没有出现他人。这或许与他处处流露出对人性的不信任有关。他借用拿破仑的话：“虚荣造就了革命，自由只不过是借口。”

虚荣心得到满足，尤其是精英的虚荣心，群众运动就不会发生了。在中国古代，社会稳定的一个重要原因是，知识分子阶层几乎都成为政府公务员，失意的“意见领袖”极少。

大量的失意者出现，群众运动发生的可能就增大了。其中的领袖，往往是失意的文艺青年。以纳粹人物为例，他们的文艺梦罗列如下：希特勒，绘画和建筑；戈培尔，戏剧、小说和诗歌；罗森伯格，建筑和哲学；冯·席拉赫，诗歌；丰克，音乐；施特莱歇尔，绘画。毫无例外，他们都没实现文艺梦，能量转移到了领导群众运动。霍弗认为，他们的文艺梦在内心占据更重要的位置，政治野心只是其次，文艺梦碎，是永远无法抚慰的失意。

成功的商人无法成为群众运动的领导者，他们务实的优点对群众没有吸引力：“在当前的条件下，按照事物的规律认真做事。”这话群众听来索然无味，他们喜欢失意文艺青年出身的领袖给他们的许诺：我将带你们去应许之地，我将让你们实现梦想。“逃离当下，逃离自身”才是失意群众的心理诉求。

群众运动最具吸引力之处在于，它暗示参与者可以迅速改变命运。这契合偷懒的人性，工作、节俭、积蓄，听起来都很辛苦，为自己负责即意味着不能把责任推给别人，日常生活显得何等的乏味。德国青年加入纳粹冲锋队，喊出了一个响亮的口号：从自由选择中解脱！——群众运动就这样将失意者从“焦虑、荒芜和无意义的个人生活”中拯救出来。

这些“自我轻视”的人，在仇恨的引领下，迅速聚集。因为“相爱的人多喜欢独处，只有我们生出恨意时，更愿意寻找同盟，更奇怪的是，当我们的恨意不那么正义和庄重时，寻找同盟的渴望却愈加强烈。这种非理性仇恨驱使我们和同类组成一个坚固的群体”。

失意的领袖找到失意的群众，平台搭建起来后，“自我牺牲”就成为可能。“真实与本能的自我，不会为天堂与人间的任何事物牺牲，只有当我们置身于某种舞台，像个演员一样，不再是真实的自我，此时，死亡就失去了它的恐怖，成为戏剧化的表演。”群众运动，可以方便地为每一个愿意“战斗至死”的人提供舞台。

失意的文艺青年，永远都有；失意或自认为失意的人群，永远都有；总有人成为领袖，也总有人在领袖的感召下走向自我牺牲。像纳粹的第三帝国一样极具杀伤力的群众运动，它的风险将长期伴随人类。在这点上，霍弗是悲观的，他认同帕斯卡的判断：“本质上，所有人都互相憎恶，爱与慈善，只是表象与假象，在他们内心深处，只有恨。”

失意的暴政，可能以各种名义回归，飓风一般扫荡美丽的世界，但通过霍弗的分析，你有了预知风暴的能力，或许，能逃过一劫，至少，不会放纵自己的恨意，成为暴政中的一员。坚持当一个个人主义者，像霍弗那样自食其力，多阅读，多思考，远离群众运动是不难的。

你的座位，你可以自己坐

下面这则新闻，你应该已经看过，我再引述一遍媒体报道：

“5 月 3 日中午 D5185 动车，达州石桥八旬老人李某，准备到华西医院看病，因节后人多只买到达州到营山座位，后借坐邻座。

“到南充后，被刚上车的年轻貌美女大学生‘请’起来，老人女儿恳请能否挤一挤，被拒。老人被搀扶着往后走，后面两排年轻人同样充耳不闻。

“大约五分钟后，前面一中年男子将老人让到自己位置。老人女儿说：‘年轻人啊，应该多学学。’结果遭到美女反击，‘坐自己位子错了吗？！’后感觉委屈的大学生流着泪给朋友打电话讲遭遇。”

我给你两个答案，看看你选哪个：

A. 女大学生不为老弱病幼让座，应该谴责。

B. 女大学生有权不让座，不过，让座就更好了。

时光倒流三十年，舆论可能清一色地痛骂女大学生。现在不一样了，有些煽情的媒体，暗示女大学生该让座，被评论骂得狗血淋头。人民在进步，媒体没跟上。

我想，这篇文章的读者，选 A 的可能性也极低。如此低劣的手法，抢夺他人利益，不太能够得逞。

但人性，总是希望不劳而获的，总是希望能够占到他人便宜。抢别人利益的事情，时时刻刻都在发生，而且手段越来越高明。这需要你越来越聪明，知道判断的原则是什么。

选 B 的人应该不少。答案也照顾各方情绪：你可以不让，不过，我还是希望你让。

在新闻事件里，其中人物在多数时间里的表现是正常的：

希望无偿占用座位的人，示弱、展现可怜之处，姿态低下地乞求他人施舍。他人不答应，只能接受当下的处境。人与人之间，有很多自愿的援助，基本形态都是如此，求助的人丧失一点自尊，付出一点“伤感”的代价是必然的，即使家庭内部的援助，也是如此。接受别人帮助，面子总有点过不去。正因为如此，有自尊的人才不愿意乞讨，不想麻烦别人。

不愿让座的人，包括女大学生，不想施舍，一点错没有。

让座的中年人，想施舍，也一点错都没有。

他们都有权处置自己的座位使用权。

剧情大转折出在乞讨者那句话：“年轻人啊，应该多学学。”这话的意思很明确：年轻人，你不让座就是错的！你多学学，以后就会让座。

乞讨为什么变得如此霸气？那得感谢所有选 B 的人，你认为在此事中，让座的人比不让座的，还是好一点。有这种舆论支持，她才可能施加压力。

如果这时走来第三个人，对她说，来坐我的座位，我还另送一只烧鸡给你吃。她也可以教训让座的中年人：你还学得不够啊，这才是人间大爱！

现在有各种各样的乞讨变形，我弱、我病、我笨、我收入低，所以，你应该无偿帮我！这种态度，变成政策与法律，就是国家福利，个人单独操作，就是道德胁迫。它演变成逆淘汰：你越是努力，越是强大，你被盘剥得越多，你越容易被胁迫。

在一个无座病人面前，你有座都成了罪恶。这不荒谬吗？

最后，我得跟你道歉，前面给出的 A 和 B 两种选项，都是错的，我误导了你。此事还有另外的答案：让不让座都没错，也没有所谓的更好，全看有座之人的喜好。

这个答案是我的最爱：明知不让座可能受到道德胁迫，女大学生坚持自己的真实想法，不像一些软弱的人，心里不愿意，又不得不乖乖让出位子；她，才是一个真实的有勇气维护自己权利的人，将来的人生，能躲不少小人劫。

我们一生，将旁观无数这种事，能做的，就是不赞同乞求者发出的道德胁迫，应该更同情那些被胁迫的人。这样，观念的力量才能反转，任何乞讨者首先应该觉得羞愧，而不是委屈地想："你们他妈的都欠我！"

你应该无偿帮我！——向你传递这个信息的人，是一个不值得帮的人，你帮了他，后果是他觉得你该一直帮他，更多地帮他，只要有次乞讨得不到满足，他就怨恨，你为何不继续无偿帮我？——

寄生虫就是这么成长的。

* * * * *

“道德”这个词处境微妙。人和低等动物不同，其中一点就在于人有所谓的道德。宠物狗可以随意在街上大便，没有另一只狗会冲上去指责它，如果宠物狗的主人也这么做，若非精神状况上出问题，就是道德不佳了；正如你也看到的那样，那些有道德的人，还会带着垃圾袋和报纸，随手捡走自己狗狗的便便。

在另一极，道德狂热、道德大跃进出现的频率更高，总是想改造人的脑袋，以期脱离人性，一夜之间，人人变成圣人。有些做法，已经老土，逐渐被人抛弃，但是它的病毒仍在，换件时髦的外衣，照样可以出现。

比如，你老是可以听到对“追逐物质”“喜爱财富”的批评，有些还通过作家极为优美的抒情体现出来——当然，他们的书可能卖得不错，因此版税也不会少——这就使人建立起不存在的因果联系：清贫是有利于道德的。当这种观念流行以后，社会倒一定会贫穷，财富除了通过继承可以被动地得到，其他时候都需主动追求，一个人心里厌恶，不去追求，一般是得不到的。

也许这些人会说，贫穷没有关系，毕竟更有道德了。可是事实并不支持这种观点。经济学家弗里德曼举的这个例子很有说服力：如果强劲的经济发展带来了充分的工作机会，雇主需要别人替他工作，他往往无法实行自己的族群歧视，能雇得到人就很开心了，哪里还敢挑；而经济停滞或衰退时，工作机会不多，强势的雇主反而能在过剩的求职者中实行自己的歧视了，讨厌黑人和妇女？那就把工作机会留给白人男性吧。

经济学家为经济说好话，你也许觉得说服力不够，那么，举个宗教人物的例子。宗教不会把追求财富当成目标，甚至往往是反对财富的精神来源，也许更有感染力吧。

罗素·康维尔是美国费城颇有影响的主教，他的一些话，放到现在的中国，可能也会引发潮水般的攻击，你看这句："在美国，没有一个穷人不是因为他自己的（或其他人）的缺点而变穷的。"再看这句："美国的一百个富人中九十八个是诚实的，这就是他们成为富人的原因。"通过与他类似的一些宗教人士的宣讲，把财富与神圣性、财富与道德正面联系在了一起，使它们不至于对立，这种乐观主义，据说对美国人的进步起到了作用。

经济增长、物质的富足为道德提供了更大的空间，我们自己的先哲都说过：仓廪实而知礼节，衣食足而知荣辱。一个人将完美的道德假想寄托在清贫的时代，无论文笔多好，都只是两类人：要么就是太天真，要么就是太傻。清醒的你我，不要去助长其中的虚伪比例了。

如果没有人认为你冷酷，那是你的失败

那些真正温柔的人，往往被视为冷酷，这种认知短视，是人类不幸的一大来源。

狡猾的人，知道真相，但不屑于纠正这种认知短视，因为惹火了短视的大众，下场并不妙。他们往往顺势而为，闷声发大财；你要矫情，要寻死，他并不劝，还要挑你爱听的说，助你安乐死。

庆幸的是，有些好胜的家伙，为了观念的胜利，并不在乎得罪他人。我认为，应该当这样的人。

我的精神偶像们，几乎都是这么做的。

乔丹至今仍是 NBA 无法超越的巨人。有很多读者不看 NBA，但谈到乔丹，他们一点也不陌生。这也是乔丹影响力的体现，你没看过他打一分钟球，他也退役太久，但他仍在影响你。

乔丹现在还占据许多纪录，你可能想不到，他在“球员吝啬榜”也有一席之地——当然，非官方出品。

这些亿万富翁，有些吝啬得令人不解，比如爵士队传奇后卫斯托克顿，一度被人发现租住在地下室，还舍不得用暖气，孩子冻得直流鼻涕。詹姆斯的好友韦德也曾爆小皇帝的料，这个联盟招牌人物，没有 wifi，是舍不得用手机的。

而乔丹的上榜事迹，在我看来，是天大的冤枉。

事情来自巴克利的叙述："我经常会给流浪汉一些钱，但只要乔丹和我在一起，他就会摁住我的手不让我给钱，理由是：他们有能力讨钱，就能去麦当劳打工。"

当然，对市场、对慈善没有正确认知的滥好人，可能会认为乔丹不仅吝啬，而且邪恶。

我的看法正相反，乔帮主这事，说明他是个看得更远的经济学家，是真正有爱的人。

大多数人，包括巴克利这样伶牙俐齿的聪明人，都只看到"流浪汉真可怜"这一步：我是亿万富翁，随手给几个小钱，他们就能快活好几天，有何不可？不是很有爱心吗？

乔丹这样的经济学家，看到了别人看不到的第二步，如果懒惰者，靠卖惨就能获得资助，那你给他钱就等于支持不劳而获。不劳而获是最强大的人性，只要有人供养，懒惰者就会迅速多起来，最后还理直气壮。我们希望人人过得好，这是大爱，但实现它，最好的做法就是对懒惰者冷酷，他们不得不自食其力，世界就开始变好。

除了佩服乔丹的见识，我还喜欢他在这事上体现出的好胜心：一般人，朋友这么做，也就一笑了之，不伤和气；可是乔丹不干，他不能容忍朋友犯如此蠢的错误。

正确观念最终获胜，需要无数人在观念之战上有好胜心。

人是情感动物，总是容易被情感打动，就是再坏的人，看起来苍老、无助或可怜，人就容易失去原则，爱心泛滥。通往地狱之路是由爱心铺就的：无限爱坏人的家庭，最后全被拖下水，替他还赌债，替他擦屁股；无限爱坏员工的公司，好员工流失或变坏，公司垮台；无限秀爱心派福利的国家，最后一定是共同贫穷。

学会冷酷，像乔丹一样，为了坚持真理冷酷，是成为强者的必经关键点。

如果没有人认为你冷酷，那是你的失败。

导致贫穷的思维方式

每一代人都觉得自己没有机会了。这是经典的思维误区，能够意识到并加以改正的人并不多。

持有这想法，让人沮丧，看看身边，那些改变世界的发明，都被发明出来了：电脑、网络、智能手机、谷歌的搜索、腾讯的微信、马云的淘宝。你即使野心没这么大，也觉得自己十年前没买房子，再也买不起了，连这件小事，你也没有机会了。你陷入无穷无尽的懊悔当中：早知道……

早知道没穷人。贫穷的思维模式之一，就是浪费现在去责怪过去的自己，然后丧失未来。

谷歌这么伟大的企业，创始人当年也看不到什么希望，只不过是想卖却卖不掉，撑到了转机出现。

世界的进步都不是靠突然的突破，即使改变世界的技术出现了，人们也并不当回事，还得在漫长的时间里反反复复、进进退退，逐步积累了巨大的力量。

改变后的世界出现时，人们认为理所当然。时间跨度一拉长，与二十年、三十年前比，人们相信变化是突然发生的。如果我没有变得像我想象的那么好，那是因为我错过了某个机会，然后人生再没有机会。

在所有诱惑你的宣传中，都利用你这个弱点，他们告诉你：你一旦错过，一生都将错过。你不能错过这个风口、那个浪潮，你每天都被未来抛弃。你失恋时也会想，这个姑娘离开我，我一生不会再有爱情。

修正这个弱点。至少要知道狡猾的推销者有可能利用这点，从而做好防备。

未来是逐渐演化实现的，很多时候，它像你身边的自动人行道，你早有勇气站上去，很快拉开与犹豫者的距离。可犹豫者身边的自动人行道还在，他行动了，也可以站上去。

只是被人落下的痛苦打击太大，犹豫者忘了他可以行动。

行动是第一位的。想法并不值钱，几乎所有的想法，都会被现实修正，好的想法落地，也离不开反反复复、进进退退的命运。

为什么有那么多人只想不行动？因为行动更痛苦。想法与最终实现想法之间，路还很远。

我有想法，我行动了。一个月以后，成功还没有到来，就觉得世界在欺负我。我相信爱情，我追求喜欢的美女，她就得嫁给我。这些都不是行动，这是撒娇。

你去大都市，三个月没找到工作；你开公众号，写了十篇都没有读者；你喜欢钱，几年没暴发。然后你就觉得你错过了机会，世界不再等你？别抱怨，这都是正常现象。

怎么办？慢慢熬，这是常态。

人生就如一锅汤，慢慢熬，才有好味道。

不做面子的奴隶

弱者往往是最爱面子的一群人，为了面子，可以做出非理性的选择。

人多少都好面子,只是程度轻重不同。我觉得这也是人的本能，动物发情或争斗时，总是趋向于膨胀自己的身体，显得更大更壮。人希望自己的面子比真实的大，原理应该相似。

人尽皆知的强者，或许对面子的需求不那么大，你骂你赞，都是你的事，和我有什么关系呢？他不靠面子生存。弱者反而更抹不开面子：别人都说我没本事，那可太丢人了。于是竭尽所能讨好别人，甚至成为别人的傀儡，只要得到一句恭维，死都可以。

人都有由弱变强的过程。那些最后的胜出者，往往在他们弱的时候，意识到面子的可笑，开始“不太爱面子”。其中的逻辑不难理顺：人最宝贵的资源，是你的身体和你的时间，保护它们，规划它们，善用它们；它们的价值增加，你也变强，浪费得越少，强大得越快。人是自我塑造的，这点永不会错。

你太爱面子，心里万般不乐意，也得顺他人的意，天天替他人购物、买车票、跑关系、陪吃陪喝陪玩，最后还得买单。时间送给别人，自然无法留给自己，所以，你越来越弱，觉得更离不开他人点赞。这就像舍不得除掉身体内寄生的蛔虫，它们的回报只是疾病。

中国人普遍特别好面子，所以一些狡诈的中国人懂得利用这点心理：你让我占便宜，我会恭维你，否则，我就说你不会做人！说你没有本事！说你混得不好！我要在你的朋友圈里给你差评！绝大多数人，将被其中的某一条（某几条）给吓倒，乖乖服软。我不是教你这样诈人，而是当别人这样诈你时，你心里有数。

有少数人不怕诈，于是，再也没人来烦他们。他们就是让人羡慕的自由人。

有位小朋友写邮件给我诉说苦恼，他的自我描述是“普通本科毕业、无一技之长”。他去北京寻找工作，想过自由自立的生活；这很好，每个人应自由自立，没有寄生虫，世界无比美好。在北京，他去几家“明星企业”寻职，都被拒了；这也很正常，我一想独立，就得有好工作等着我，那怎么会有懦夫？

他邮件中最后的感叹，让我大吃一惊：“如果我去干服务员，我怎么向农村的父母交代？”——服务员这么正当的职业，一位来自农村的、找不到工作的孩子，怎么语气里觉得这么丢脸？这么“无法交代”？

一个人来到北京，想的不是赶快找到工作养活自己，而是梦回农村的面子系统——这就是面子对人巨大的压力，看不破的人，无论走到哪里，给再多机会，都没用。

太爱面子，不敢得罪人，不敢“坏了名声”，你已经是他人的奴隶，真不配得自由。

掌控嫉妒，建立自己值钱的系统

嫉妒，似是邪恶之灵，很多人饱受其折磨，它毁了很多人的一生。

嫉妒的破坏力，这个故事说得很好：

神对一个人说，我答应你一个要求，条件是，你的邻居必须得到你所得的两倍。

此人长考之后，说，请挖掉我的一只眼睛。

嫉妒是让自己和他人都遭受痛苦的一种情感。

我第一次感受到自己的嫉妒，是在小学。

由于从小远离父母，我特别在意女老师的疼爱，潜意识里，把她们当成了妈妈。

得到她们的关注，成绩好是最好的途径。

可是,第一名的位置还是失去了。老师的态度未必有多大改变，可对我来说，似乎天都塌了，对老师、对那个取代我的同学，莫名有了敌意和愤怒。

后来，学到一篇课文，讲周瑜如何嫉妒诸葛亮，我瞬间明白了，我那难受的感觉是嫉妒。那可能是人生第一次清晰的自我认知和自我对话。我在“嫉妒”那个词下划了几道。

嫉妒是焦虑的爆发，你害怕失去爱，你渴望得到爱，你又觉得自己无力，嫉妒就来释放这种焦虑。所以，孩子的嫉妒是赤裸裸的。

没有安全感的成年人，尤其是其中的弱者，也很容易妒火燃烧。他们表现得更为隐蔽：否认别人的成绩，造别人的谣，将他人的成功视为运气，将自己的失败归结于他人，无限放大自己的优点，无限放大他人的缺点。族繁不及备载。

其中最不幸的人，由于缺乏自我认知，他们不知道这是嫉妒，情绪变形美化以后，迷醉了自己。姿色平庸的相信“美貌的人都轻浮”，贫穷的人认定“富人进不了天堂”，智力一般的鼓吹“太聪明了没意思”，太监觉得性生活太麻烦。这些人的一生，是痛苦的一生，身边比他更好的人都在折磨他。

而不少人，是有认知的，知道自己正陷入嫉妒。为了避免这种痛苦，他必须赶上强者。人所有的情感，都是有用的。

适量的嫉妒，触发竞争：你比我好，我不舒服，我要比你更好。正是这样，人才越来越强。

有些孩子，天性温和退让，他们反而要适量地增加一丝嫉妒，否则，一退再退，容易放弃自己取悦他人，也习惯性地贬低自己以回避他人的嫉妒和攻击，最后变成无力且无用的人。

掌控嫉妒，让它变成对你有用的资源。

当你意识到自己在嫉妒他人，当成指引的信号，你正在渴望对方的优势，承认它，并取得它。

别人正在嫉妒你，不必恐惧，那是另类的羡慕，你不必停下来等他们；当他们的嫉妒变成实际的侵害时，你必须毫不留情地痛击，别为自己的优秀愧疚。

别太闲，别太弱，当你一无是处，又无所事事，你害怕他人抛弃你，你总觉得别人瞧不起你，你的嫉妒可能就会把你淹死。

* * * * *

赌徒一夜间赢了一百万，很快返穷；一个商人花十年积累第一个一百万，第二个一百万却可能三年就赚到。

造成这种区别的原因在于，双方所处的系统不同。赌徒是不停重复赔率不利于自己的行为，钱越来越少。商人是不停重复盈利行为，钱增长得越来越快。

你问我二十来年不停写作的价值何在？

你第一时间想到的肯定是名气和稿酬。这很重要，我开始时也是冲着这点去的。可后来发现，这些并不是最核心的。

有人从高中开始读我的文章，现在是企业的高管，或者有自己的企业；有人在贫穷时读我的文章，现在财务自由。有的老读者名气比我更大，钱也比我更多——这个读者成长系统最核心。

当然有很多读者暂时不如我。这很正常，你还是高中生，你比我年轻，你才起步，你的运气还没到，你还没发现适合自己的方法——我的意思是，你不如我不会让我开心，你的成长才会让我开心。

系统一直在成长，身处系统中的人，才可能受益。最直白地举个例子，这个系统中百万富翁多，文章的赞赏收益就多，广告赞助商也多；反之，读者持续变穷，我这个作者最后也得饿死。

强烈的嫉妒心，是折磨、摧毁很多聪明人的癌症，这让他们无法接受他人的成长和超越。他圈子里的人，永远都得不如他。这是赌徒的玩法，每玩一把都刺激，但每次都退化一点，最后彻底傻掉。

强烈的嫉妒心，除了极少数是天生的，后天的成长有很大的因素。一个孩子，他只要在封闭的小团体（家庭、班级）里是第一，就可以多享受家长与老师的宠爱："别人受损我受益"的模式非常有效，不停地正反馈。当出现更强者时，用肮脏的手法把他"做"掉就成了第一选择，即使无法改变现实，攻击和诅咒也能暂时安慰精神——像吸毒，你明知不好，却不停加大剂量。

很多人走得出来。他们最后不是强者的附庸，也不希望弱者附庸自己，他们善于和他人合作，尤其善于和更强者合作。他们的核心价值是坚信这点：让你有所得，我才有所得；和我合作不愉快，有损失，我则彻底失去一个合作伙伴。

当然，一个人进化不到这个阶段，基本也就交代了，因为，分工合作的社会，注定了我们时刻要和更强者合作。全方位比你强的人即使没有，也有大把在某方面比你强的人，一看到他们就生气、嫉妒，触发内心对自己的怨恨，就算你锦衣玉食，也无快乐可言。

怎样才能和更强者合作？互惠互利，利益共享，是必须的，但心理建设更重要，你不会欣赏更强者，一切免谈。

看看你身边那些往上走的人，他们都建立了值钱的系统：我某方面弱？我某些技能小白？没有关系，我有办法让专家和我合作。我的疆界，就是所有强者能达到的边界，这样的人，怎能挡得住？这样的人，才是终极强者。

相反，再聪明，靠骗、靠抢、靠嫉妒，孤家寡人，他人都看你笑话，你怎么好得久？

快变成强者，快学会欣赏强者。这是你必须完成的任务。

* * * * *

改变一个人是很难的。这个认知很重要，能给你带来更多快乐平和。

你从自身的经历就能得出这个结论。你有强烈的改变自己的冲动，但实行不久以后，你可能就放弃了。很多改变成功，是尝试多次的结果，突破瓶颈，上了一个新台阶，眼光更远，改变才算完成，然后下一个改变自己的冲动又在酝酿。

主动的行为尚且如此之难，被动的改变几乎不可能了。人在强力之下，会改变：学校里的学生，监狱里的囚犯，都不得不努力改变，但多数人的外力一消失，改变也就停止。当看到很多人知识与技能停在他找到第一份工作时，就可以理解了，因为改变对他们来说，太辛苦，有一份薪水糊口，就再也不想改变了。

知道这规律，可以大大降低你的焦虑。

每个人都想改变他人：野心小一点的，想改变自己的家人；野心大一点的，想改变自己遇见的每一个人，想改变全世界。人人内心都住着一个哲人王。

成功率非常低的事，但每个哲人王都认为自己可以成功。这不可跨越的鸿沟，产生了巨大的焦虑、愤怒与绝望，它驱动争吵、嫉妒、仇恨和杀戮。

改变他人的欲望，最折磨那些能力低却又欲望强的人。比如一事无成不知任何教育方法的父母，迫切希望孩子出人头地，他们往往采取唠叨、辱骂或暴力的方式，折磨孩子可以释放自己的压力。

折磨他人，希望他人按自己的意思改变，这是太多人的执念。这种人碰在一起，你就可以如愿欣赏到各种辱骂与打斗。

有句话说得好：上等之人人帮人，下等之人人踩人。

这就是两种改变观、两种方法论的区别。当你认为踩人可以改变他人、可以提升自己处境时，你就会踩人，你自己的孩子也可以往死里打。这其实符合人的本性，人本来就是动物，天性里就有争斗撕咬，嫉妒、辱骂、诽谤、暴力，都是本能大爆发。一个人锁死在这种观念与行为里，那是很可悲的，他的能量就消耗在这种损人不利己的行动中，杀敌八百，自损一千。

人帮人，善于发现他人的优点，并通过互相帮助的方法得到他人的优点，这是后天习得的。人发明了货币与间接交换，彼此交换长处的机制建立起来，就一直有利于惯于交换的人。在交换中帮助别人得到更多，往往自己也得到更多。就像商家卖得越便宜，顾客得到更多，顾客买得更多，更忠诚，最后商家得到更多。这个简单的道理，每一代商人，都只有少数几个能够坚守。

人帮人建立在什么基础上？

你不是一个改变者，你是一个发现者。你发现他人的需求、他人的渴望，尤其是善于发现他人的优点。这个人，即使有你不喜欢的地方，你也不会想着去改变他，因为这是满足你自己的完美苛求，是你的强迫症爆发。换言之，是你还停留在人踩人阶段，你还没有能力与人交换优点，你还是更喜欢吵架。而且你和层级更高的人吵这种架，一般都会赢，因为别人不想吵，别人已经是人帮人阶段，没兴趣踩你了。

人的一切改变，其实都是改变自己。不改变自己，也无法改变别人。层次低，就是侥幸遇上层次高的人，你除了想吵一架，也得不到什么，挺可惜的。

欣赏他人，学会交换优点，人帮人——这是学得到的品质，一个人有这品质时，全世界都是你的资源，所有能人都是你的朋友，你想做什么做不成呢？

情商提升宝典

有人说，不要在乎情商。我可以明确告诉你：这话情商很低。

所谓情商，是感知他人的能力，是顺利让他人接受自己观点的能力。情商高的人，能说服那些原本的反对者。情商低的人，帮了别人还讨嫌。

乔布斯是典型的低情商，他的坏脾气，他对员工的傲慢与羞辱，现在人尽皆知。据说，中国的不少老板，一度非常追捧乔布斯的这种作风，今晚看完《乔布斯传》，明早就到公司骂员工：你个婊子养的，能不能拿出点创意？！

乔布斯就是这么骂员工的，被骂的人还很开心地做了件 T 恤，上书“婊子养的团队”。

可惜，那些被骂的中国员工马上怒了，对着老板说：老子不干了！中国的乔布斯，马上变成光杆司令。

情商原则第一条：有本事的人才有资格坏脾气。

乔布斯让员工拿高薪、得股份，在苹果公司上班也很荣耀。骂了你，你只能忍。不想忍，未必有更好的出路，想来补缺的人有大把。

你就给员工一点平均工资，加班费还老是克扣，除了打鸡血，实际利益一点也没有，你这种老板，是没资格坏脾气的。

情商原则第二条：有本事的人，克制坏脾气，更是无敌。

如果苹果与谷歌，只能选一家，我一定选后者。它的创始人之一拉里·佩奇，开始行事也古怪（或者说，脾气坏），早年管理公司，也是让人抓狂：他可以突然解雇所有管理人员，因为觉得他们只会给工程师添乱。被“放逐”几年后，重任 CEO，平衡感已经很好了——他学会了克制自己的冲动，也看得到别人的价值。

全人类也找不出几个比上面两人更厉害的。很多中国人，由于从小被教得失去棱角，不敢对抗，被别人欺负也不太敢吱声，他们特别弱的不是上面两条，而是情商原则第三条：战斗是必须的。

牺牲自己的利益成就他人，被人伤害不敢复仇，有观点却刻意含糊表达，希望他人良心发现，自动与自己达成协议——这种中国式的老好人太极哲学，似乎情商很高，实际上却是惩善扬恶的逆淘汰机制。小到家庭，大到社会，嚣张的恶人拿走一切，他打你左脸，你还击时，他还错愕：你为何不伸过右脸？你怎么这么自私？你怎么可以坏了我打你的好心情？

所以，情商的核心不是顺从，情商的核心是有力量维护自己。这是情商原则第四条。

你是一个温和的人，但你也是有力量的人，你从不放弃对等复仇的自我保护机制：不要侵犯我，否则，以眼还眼，以牙还牙。很奇特，当你是这样一个人时，眼和牙都用不上，别人反而愿意和你谈判，认真听你的诉求，你的说服力也在加强。

情商原则最后一条是：别人和我不一样。

那些情商低的、讨人嫌的人，无论是三姑六婆，还是专家学者，他们的共同点是，看见他人的生活方式与自己不同，就要扑上去纠正。别人和自己不一样，就触发他们内心的恐慌，似乎被忽视，被遗忘。他们是没有安全感的人。

推己及人，不管他人闲事，这是高情商的终极体现。别人都喜欢你，还有什么是比这更有说服力的高情商？

* * * * *

逻辑里有个原则听起来像是大白话，其实很重要：你没说出来的意思，别人理解不了。总有人以为，我用暗示，话里有话，听者应该知道自己的想法，这其实是效率最低的沟通方法。有话直说最好，把你的意思明确表达出来，别人才能理解。

很多冲突，尤其是社交媒体上的，都源于违背了上述原则，恶言相向的两个人，起点往往是由于不必要的误解：一个没说清楚，一个没听清楚。

客观地说，发起攻击的一般是没听清楚的那个人。善于倾听，怪不得被《情商 2.0》的作者特拉维斯·布拉德贝利视为高情商的标志，而且是可以识别和训练的：当你在下一句话说出口之前思考它，即为好的倾听者——这种习惯养成之后，贸然攻击他人的事，就会少很多。

倾听专家保罗 · 萨科博士认为下列一些特征也是好的倾听者具

有的，它们也可以通过训练做到：

善听者知道自己的不足。所以，他们不会什么话题都抢着说。下次你想处处插嘴时，想想你是不是真知道那么多。

善听者思维开放。倾听并不能防止争吵，但能防止争吵升级，能坚守“我是解决问题”的原则，不至于情绪失控，演变为双输。

善听者能适应不舒服的交流。人总会碰上烦人的交谈者，而善听者能在不舒服中找到舒服。

善听者具有同理心。他们更能容忍对方，与他们能够“穿对方的鞋子思考”有关。

善听者善于提问。因为专心，得到的信息更多、更精准，他们的问题自然恰到好处，引领交流。

最重要的是，善听者不爱为自己辩护，无防卫姿态。防卫以及接下来的攻击，是败坏友情、亲情、爱情的元凶，它引发批评、讽刺和冷漠。

什么是防卫姿态？就是凡是自己不喜欢听的，都疑神疑鬼，急着辩护，忙着“还击”。若有人看到上面一段，说，无防卫姿态？那不就是等死吗？这就是防卫姿态的体现，它基本上把人锁死在自我安慰的小宇宙里。一切美好的观念，他几乎都无缘消受了。

如果你是一个善听者，那么，你极有可能已经是，或很容易成长为一个优秀的领导者。

正如古希腊哲学家埃皮克提图说的：人有两只耳朵一张嘴，所以我们听的应该是说的两倍。

生命的窄门

独立的生活，自由的精神，创造的乐趣，要得到这些，我们必须敢于和别人不一样，必须走生命的窄门。

正常的“变态”

有位上海的朋友在我的公众号留言，赞赏一种人生观：只要你不影响别人，随便你怎么变态，这是包容心；不管自己怎么变态，都不能影响别人，这是责任感。

确实如此。做得到的人多了，就是好世界。

所谓的“变态”，即少数人只按自己的方式思维和生活。相比较异性恋，同性恋是变态；相比较婚姻，单身是变态；相比较繁殖，丁克是变态；相比较一日三餐，不吃早餐是变态。变态是常态的另一端，没那么可怕，可以说，每个人身上，多多少少都有变态的成分。

在价值观必须单一的世界，变态的成本很高。

二战时破译纳粹密码系统的英雄艾伦·图灵，是开创新时代的计算机之父，同时，他还是专业级的马拉松高手。这种千年一遇的天才，由于是个“变态”的同性恋，遭到英国政府的迫害。1954年，他因食用浸过氰化物溶液的苹果死亡。很多人认为他是自杀。

苹果公司的商标，也有传言灵感来自图灵遗体旁那颗吃掉一半的毒苹果，乔布斯生前接受 BBC 采访时否认了这点，但是补充道：“天哪，我希望它是真的！”

时间过去六十多年，现任苹果 CEO 库克出柜，气愤的人只是少数了。价值观多元，人们普遍不再强迫他人，使得“变态”的少数人生活得好一些。

性倾向是天生的，人群中那些少数像图灵一样的天才，智商也是天生的，条件合适，他们能够顺利成长，就能迅速改变世界。因为是天才，他们的眼光往往与常人不同，观点与方法显得有点“变态”，不能包容他们，进步的空间就变小，世界将趋向于停滞与无趣。

在城市化背景下的中国人，陌生人之间强制的可能性大大降低，他人与我们再不同，想去强制，自讨无趣；自己与他人再不同，自己的家可以逃避他人迫害。

对少数、对异端、对“变态”的不包容和迫害，家庭反而是主战场。不幸的起源多来自家庭，天才的凋谢往往也因为家庭。我已经看过很多同龄的天才挣扎着毁灭的故事，他们少年时是多么聪明的人，可从高中毕业开始，从填报大学志愿，到找工作，到恋爱成家，为琐事被迫与家人展开了无尽的也是无谓的斗争，精疲力竭，有些人不得不向多数和流行观念低头。折腾完，一转眼，四十来岁了，人生可能性的大门已经关闭，余生只有一个目标，等待自己的葬礼。而那些亲手毁灭天才的亲友，却长出一口气：这孩子终于正常了！

他人与你不同（包括自己的亲友），只要他不侵害别人，在自己的范围内活动，你该做的，就是尊重他。

* * * * *

有人动辄把教养挂在嘴上，指责别人没教养。在我看来，往往是这些指责者比较没有教养。

怎么判断一个人有无教养？从什么出发点去判断？

先回答这个问题：一个裸体的遛鸟侠，有没有教养？

记住你内心的答案，继续往下看。

《好汉两个半》（*Two and a Half Men*）曾是我非常喜爱的情景喜剧，主要人物是三个男人：花花公子富豪查理·哈珀，他那无敌海景的别墅里，寄居着他穷困而“猥琐”的哥哥阿伦，以及阿伦蠢萌的儿子杰克。

遛鸟是其中一个完全可以忽视的细节，我却印象很深。

有天早上，阿伦在吃早餐，别墅的主人裸体走进餐厅开冰箱，拿饮料。阿伦尖叫一声，以示震惊。

男主人冷冷地说：闭嘴！别忘了这是谁的房子。

阿伦于是乖乖埋头继续吃早餐。

这个片断说清了人类社会的文明基石：产权的确立。产权是谁的，谁说了算。在我家，我可以遛鸟，你看不惯，你可以离开我家。你来我家纠正我，道理就算对，也是没教养。

所以，一个裸体的遛鸟侠，有没有教养？是一个得不出答案的问题，你还得先问这些问题：他是在自己家遛鸟吗？他如果在别人的地盘，那产权人的规则是什么？只有违背产权人意志的行为，才是没有教养的，必须禁止的。

比如一片私人天体海滩，主人规定必须裸体才能进入，那么，一个男人穿着衣服就想进入，反而是没有教养的体现。

判断一个人的行为对不对、有无教养、有无权利，最重要的是先搞清楚他在谁的地盘行动？规则是谁定的？

只要养成这种提问习惯，你就不容易被人冒犯——即使他人的行为你不喜欢。你也不容易冒犯他人，你分得清自己与他人的界限，绝不会把“这是为你好”“我要教你更有教养”当成自己毫无教养的借口。

产权至上。明白这四个字的意思，自然有分寸，也会有教养。

一个员工，你知道进了公司门，老板说了算。

一个老板，你知道出了公司门，你说了未必算。别以为自己永远是员工的老大。

一个消费者，你知道商家说了算，他可以不服务你，不和你做生意，甚至可以“歧视”你。

一个父（母）亲，你知道了在成年的孩子家，孩子才是主人，他说了算。

一个球迷，同样面对球员发球，你到NBA赛场，可以大声呼喊；到了温网赛场，又必须保持安静，因为你知道赛事所有人不同的规矩。

“这是谁的产业？谁说了算？”——这是一个有教养的人应该常问的问题，这就是最重要的教养。

生命的窄门，你至少得走一回

总有些朋友对我说：你说的和大多数人的想法不同呀？

当你的想法和多数人不同时，压力就来了。有个简单的实验可以测试出孩子的意志力强弱：你故意将其置于少数地位，弱的孩子很快就会转变立场，向多数投降。不加以训练的话，这种讨好多数、不敢和他人不同的行为模式就将贯穿一生。

当然，加以训练的人不多。

多数人的想法，有时对，有时错。对的时候也未必适合你。人这一生，必然有一次，或若干次，你的想法、你的选择、你的坚持，将与多数人不同。此时，照顾多数人的感受，牺牲的只是自己。其实，他人未必在乎你，无论是赞扬还是贬低，转眼也就忘了，只有你还牢牢记住。即使你为别人牺牲，风向一变，多数人的想法改变了，你也会可悲地沦为被嘲笑的对象。

为父母活、为孩子活、为他人活，很多人以此自夸：你看，我放弃了自己！其实，这可能是掩饰从来不敢为自己活的软弱。为别人活没人会责怪你，你还能以“债主”自居。

为自己活，无处推诿。之后的一切，不快乐也罢，不成功也罢，责任都在自己。而感觉“受侮辱、受冷落”的多数人，在潜意识里也是期待你难过的，甚至你的父母，都会出来占你的便宜：你看吧？不听我的话，混得这么惨。

不过，这还是比为别人活更好，在选择的时候，已经获得了勇气。而真要得到一点什么，独立的生活，自由的精神，创造的乐趣，也不得不走这条少有人走的路。

《马太福音》里有句话，作为方法论，是值得记住的：

要进窄门，因为多数人走的大路、进的大门将引向毁灭。（Enter through the narrow gate. For wide is the gate and broad is the road that leads to destruction, and many enter through it.）

你至少得进一次窄门。这像出生一样必要。

* * * * *

有年轻读者留言，说在一些重大问题上，他的看法不受待见，朋友们都持愚蠢的观念，感觉很孤单。

孩子，这是正常的。

我有些好朋友，社会评价两极分化，爱的爱死，恨的恨死。有些恨的人，也是我的朋友，问我：为什么你们会是好朋友？

我的答复是：我不是上帝，我不负责审判。我只是镜子，他对我好，我就对他好。

仔细想想，其实并没有一个好朋友的三观是和我完全相同的：他们有信各类宗教的，有能看到鬼魂的，有痴迷各类养生术的，有听风水大师指点的，有反市场的，有好战的……几乎各种常见的毛病，在好友圈里都有。

在他们看来，我的三观肯定也有问题。

我们见面就吵吗？非得说服对方？并不会。多年一起玩，甚至是一起长大的，知根知底，反而会避开所有争议点。开心的事那么多，吃饭喝酒，接接梗，哈哈笑，不是很好吗？

人有愚蠢的权利，好朋友当然也有愚蠢的权利。

有一种做法，无法维持亲密关系：强烈的指导欲，热衷于纠正身边人的所有错误。这种人笨的话，杀伤力还不算大，怕就怕聪明、能力强，身边的人将被打压得苦不堪言。

有的父亲不理解，自己什么都对，为什么孩子恨自己。有的丈夫不明白，自己每次争吵都用逻辑秒杀妻子，最后她却要离婚。那是把正确当成惩罚的棍棒，你正确了，别人却很辛苦。

别人愿意听，我们可以说自己的观念。别人不愿接受，是相当正常的。人是很奇特的动物，他们对自己的错误观念有感情，他们还不想放弃时，多严密的论证也没用。人的改变，要等到“我愿意”那一刻的到来。

能建立并维持亲密关系，就是当事人没有强烈的指导欲，没有用正确观念侵入对方生活的意图。

对友情造成致命打击的，其实并非三观，而是无法克制的嫉妒，和金钱上的欺诈。这两件事一发生，友情即告终结。

你的好朋友，无论观念差多远，能长期一起玩，你会发现，基础架构是不变的：你们为彼此的成功开心，你们不会互相欺骗。

一个人为什么要追求好的观念？主要是让自己过得更好。

好观念让自己内心平静，远离焦虑与愤怒；

好观念让自己接受市场，远离贫穷与依赖；

好观念让自己清楚人己边界，不打扰人，也不让人打扰。

好观念是让自己成长的营养，而不是用来强制他人的标准。

很多好观念，确实是只有少数人才掌握，你应该觉得自豪：我竟然得到了别人不容易得到的观念，我可以不在错误观念上浪费能量，真是幸运。

公婆为何不爱儿媳?

先说结论：公婆不爱儿媳极为正常。

人与人之间的喜爱，从朋友之间到作者与读者，种种交集，爱都是易碎品。

有一位读者因为我支持安乐死，愤怒地指责我是魔鬼，取消关注。也就是说，从那刻起，他是恨我的，至少不可能爱了。

我尊重他的选择，也不恨这位读者。因为他真的尊重过我，后台数据显示，他赞赏过四次，总额二十元，这是最好的证据。

一个人的观念转换，极为艰难。逻辑通了，还要他刚好可以接受。没做好准备的人，摆出十吨重的逻辑与事实，都赢不了他一两的偏见。

观念冲突是时时发生的，只要和我不同，我就可以不喜欢你，哪怕你说得对也不行。这是在处理人与人关系时万万不可忘记的常识。

这常识可以帮助一个人避开婚姻中的很多危险。

一个家庭，最理想的状态是没有观念冲突，但是，这不存在。仅举公婆与儿媳为例，他们之间的观念冲突必然是经常的，甚至是重大的。

传统的解决办法是儿媳必须服从公婆，称之为“孝顺”，在现代语境里，有人替换成“爱”：我老婆必须爱我爸妈。

没有强迫的爱，如果有，它只是奴役的同义词。儿媳不必爱公婆，正常的关系是，像对待其他人的原则一样，不侵犯他们即可（包括人身与财产）。如果公婆是值得尊重的人，在长久相处后，自然会得到他们该得的尊重。

当然，任何关系都是对等的，从儿媳的角度来看，要求公婆必须爱自己，也同样是奴役。

大家遵守这原则，则观念冲突时就有了解决办法，并非我有道理你就得听我的，而是谁的事谁说了算：你的身体，你的地盘，你定。你愿意听，我会提供自己的意见，决定权还是在你。

比如在生育上，老婆的身体是老婆的，她想不想生、她想生几个、她想顺产还是剖宫产，她最后说了算。公婆的态度如果不同，丈夫有责任坚守原则，挡住。

同样，当媳妇的，也应知道婆婆的身体是婆婆的，她不想帮自己带孩子，天经地义，自己的过分要求被丈夫挡住，也是应该的。

我不必爱你，你也不必爱我，各管各的事，如此操作，家庭一定太平。

这种太平，需要一个真正爱你的男（女）人。

真正爱你，肯定不会强迫你，一定让你自主。这在冲突发生时，比如婆媳冲突、夫妻冲突，他最后还是不会强迫你，这意味着他要能够明确地、持续地挡回婆婆的意见（有时甚至是对的），坚决捍卫你的自主权。

中国的姑娘，包括她们的父母，找老公时容易给自己挖坑：要找个孝顺的小伙子。所谓的“孝顺”，就是听父母的，以后婆媳有冲突时，也听父母的——你求仁得仁，不要埋怨。

这不是说你要找和父母关系恶劣的小伙子，而是要问自己：我如果把命交在他手上，他会遵守我的嘱咐吗？如果答案是会，那值得爱。所谓“孝顺”的孩子，答案比较难说，往往是听妈的，你只得祈祷，他妈的决定都和你一样。

中国的婚姻中，强制太多，所以悲剧太多，“我是你妈”“我为你好”，没理也能强制，有理更是可怕。我老婆（公）的事她（他）说了算！敢这样在家里表态的，才不容易入坑。

失去分寸的责任感是心理疾病

电影《万物理论》(*The Theory of Everything*)，是英国科学家霍金的传记。我认为，电影本身并不算出色，看了不后悔，不看不遗憾，可电影中有几个细节让我印象深刻。

霍金得了肌萎缩性脊髓侧索硬化症后——此病的别名更为形象，渐冻人症：从患病开始，患者身体会慢慢无法运动，犹如被渐渐冻结——日常生活变得非常艰难，但同学在他家聚会时，各顾各聊天吃饭，没人替他夹菜喂汤；霍金哆嗦着，手中的玻璃杯仿佛随时要跌落，那场景怪异却又正常。

霍金在剑桥的博士论文答辩日，他拄着双拐，双脚布条般摇晃，恭敬地站在导师面前等候结论。论文得到高度评价后，那喜悦也显得怪异而正常。

只要他不要求，没人会主动帮他。你以为别人看起来需要帮助，不请自去，那等于明白告诉他：你是一个无法照顾自己的弱者，你很可怜，你必须依赖我。很多英国人可能认为，擅自“助人”，反而是一种侮辱。这种观念在中国人当中，可能相当罕见，但应该要多起来。

经常在新闻里看到，有老人在公交车上揍不让座的年轻人，这其实证明了他们身体好，还不需要别人的帮助，是什么让他们如此愤怒呢？是那种“老人就该得到帮助”的弱者观念驱动，年轻人再累再困，也得让座。

强求别人帮助自己、自己强行去帮助他人，都是一种不正常的举动，但是发生得太多，以至于人们认为太正常了。

这两者也是相辅相成的，在上下学时刻，你很容易看见许多家长替孩子拿着所有东西，这些孩子在家里，也只需要读书，其他所有活，家长都包了。这是属于“强行帮助他人”，结果是孩子越来越无法自立，那些人格健全所需要的能力，它们的生长机会，都被这种“强行帮助”剥夺了。这些能力不可能在他大学毕业，或三十岁生日一过，突然就有了；他只会习惯弱者的心态，最后强求别人帮助自己，老了在公交车上打人，也就顺理成章了。

对孩子、老人，各种所谓的弱势人群（比如环卫工、农民工），人们容易同情心泛滥。本来人家自强自立，不高于你，也不低于你，经过一通猛煽情，你强行“帮助”他，擅自“关怀”他，他反而显得真低人一等，最后各种能力加速丧失，反而是祸害他们。

* * * * *

有人对我“不是每封邮件都回”表示吃惊。

虽然这种抱怨很常见，我每一次见到也还是很吃惊：为什么有人认为我每封邮件都回？我一天要收几十封邮件，一周只会回那么两三封，发表在专栏或公众微信平台上。每封都回的话，不睡觉也回不完。

还有一些邮件注明“请勿公开，私下回复，事情紧急”之类的字眼，糟糕的是，这行字往往在邮件最后。我希望这行字标识在邮件的开头，这样，我就可以省时间不看这封邮件了。

是什么教育让你认为，我应该整天坐在电脑前，像写专栏一样，默默地写完一封又一封长达千字的回复，悄悄地解决你的“紧急私事”？这是一种剥削教育，一种寄生虫教育，可以让你自然地说：“这是你能做的事，应该帮我！”

我的职责就是看完邮件，回复那几封我挑中的。你可以写邮件碰碰运气，没得到回复，那就没被挑中，可以查询发表过的案例，找找答案。

我相信我多回几封邮件，确实可以帮不少人的忙，不仅能除心病，还可能帮人找到女友和工作。可是我很忙，忙着吃喝玩乐、看球、看书和跑步。做好我自己，每周固定回几篇邮件，写几篇文章，已经足够。

写这篇文章当然不是为了逗人生气，我是为了表达一个更重要的主题：过多的责任感，失去了分寸，那是一种心理疾病。

这种心理病症很常见：过度关照孩子的父母，是病人；过度关照父母的孩子，是病人；因为他人的观点、生活方式不同而抓狂，是病人；动辄忧国忧民，是病人；觉得“我要为全世界负责”，是病人；逼迫他人过正确的生活、说正确的话，是病人……

这种病症是将自己视为超人，替他人的命运负责。

与此相对，出现另一种病人，他们拒绝为自己负责，认为超人应该拯救自己。所以“无所不能”的妈妈，必配备“一无所能”的孩子；“无私奉献”的“圣人”，必引来“贪婪狡诈”的“贱人”。

只对自己负责，把自己活好，很了不起，很健康。这样，你和你周边的人，都不容易得病。

你不必伪装成一个“好人”

有人建议我采取这种办法提高收入，大意是：宣布将赞赏收入的一部分捐赠给慈善事业，这样，读者一定更愿意付钱。

也许吧。不少人可能也是这么操作的，“善人”的形象更有利于吸金。但是，我怎么花钱，不关别人的事。

为了达到自己的目的，人们往往会揣摩他人的想法，表现得让别人喜欢。如果你苛责你的孩子，只允许他按你的理想生长，他就倾向于隐藏自己真实的想法，按你的意思呈现自己。最后，他在自己的密室，也将失去真实的自我，他不知道自己是谁，只好不停地按照强势的流行观念伪装自己。

或许是这样长大的孩子太多，你总是容易看到身边的人在伪装：装作读书、装作喝咖啡、装作担心人类、装作欣赏沉闷的文艺作品、装作对某个活动感兴趣、装成一个善人。他们总认为，不符合他人的想象是不对的。

这种人多了，他们甚至要逼着他人伪装：你是富人，为什么不捐款？你是公众人物，为什么骂你还回嘴？你是企业家，为什么不少赚一点钱？你有能力，为何不帮人？

这种逼迫是有用的，甚至让很多人有“成功恐惧症”，他觉得成功的压力太大，总得为别人负责，再也不能自由自在地生活。有人生活安逸，吃饭剩点菜，内心有个道德小人就跳了出来：世上那么多人吃不饱，你竟然敢剩？

只要你过得比别人好，你就欠别人的，这就是善人病，它让人性格分裂：你追求财富、才能、荣誉、地位，而这些却让你愧疚。你于是开始伪装成别人喜欢的样子；更糟的是，你索性一点也不追求，反正我这么惨，都是别人欠我的。

不偷不抢，你得到的，就该是你的，不必愧疚，更不必伪装得愧疚。真实面目或许让你有点损失，但可得到内心的安宁与平衡，很值得。

这一关不过，一生过不好

我表达真实想法，我按这想法去做，别人会说我的！到时怎么办？

这种问句，经常有人留在我的公众号后台。我估计，“别人说我怎么办？”可能是最常见的人生难题了。

我们的教育里，服从讲得多：服从父母，服从老师。不知不觉，迎合他人就成了我们的第一选项。怕他人说，成了最常见的恐惧。

冲突让人不愉快，人本能地回避这点，可以理解。这体现为我们对可有可无的小事，打个哈哈就过去了。

但是人不可能回避所有冲突，也无法避免他人不说自己。这从逻辑上很好理解：好管闲事的家伙，也是有意见分歧的，你取悦了一拨傻瓜，也会得罪另一拨傻瓜。

所以，人生迟早要对他们说出这句话的：关你屁事？滚远点！——当然，具体表述会有不同。

在现实中，能够碰上非常隐忍、非常委屈、非常顺从的人，似乎可以回避一切冲突，就算受尽别人欺负也不敢有一丝自我表达。这又作何解释呢？

焦虑是心理疾病的源头之一。一个人有了焦虑，他会把它流通出去，以获得自己的解脱，最后，焦虑将汇总在无法转移的那个人身上。

一味讨好别人的人、害怕别人说的人，他会受到更多的打压，因为在与他人的关系中，“我讨好你、顺从你”，是维持关系的要件，别人有了焦虑，第一时间就转移给他，正如第一时间把垃圾扔到垃圾桶。

再强调一下，焦虑是会流通的。上述讨好别人的人，多数身边还有更弱的人，这些人，将承接他的焦虑。这些人也会成家当父母，更弱的，就是他的家人，尤其是他的孩子。出了门温顺如狗，回到家却凶猛如狮，他就像焦虑搬运工，将他人的焦虑转移给了家人。这一切，都是在不知不觉中完成的，你可能一辈子如此行事，却毫无知觉，因为，你的焦虑得到了发泄，别人都说你好，孩子又不敢抱怨你。

这些父母，一般也是强制孩子的，因为孩子与众不同，孩子走自己的路，也会被人说，他是承受不了的，他这样逼迫孩子：别人都不留长头发，别人都考公务员，别人都结婚了，别人都生了，别人都生二胎了！—— 一切，都得按照别人的方式活。

从负责任的角度看，你一定要让别人说一说，你一定要不怕别人生气地说说真话，你也一定要有对抗的能力与经验，这样，才能防止你的家人受害。

不从“害怕被人说”走到“不怕被人说”，你就置自己的家人于危险境地，使他们变成别人的情绪垃圾桶，你的一生过不好，也让他们的一生过不好。

* * * * *

婴儿表示存在，是用第一声啼哭。

你心理成长的信号，也是一声“啼哭”。具体的情境如下：

“我第一次表达完自己的意见，第一次拒绝说不的时候，连岳你一定想不到我的心是怦怦直跳的，但同时内心也升起一种满足感，我终于可以说不，可以表达自己，可以被看见。”

这是一位读者的留言。很多人是不是感同身受？

至少美国80后姑娘莉娜·邓纳姆在今年的一篇文章中，说了类似经验。

她可是多面手：演员、作家、导演、出品人，多次提名艾美奖，两夺金球奖。依各种标准，她都属于成功者。不过，她原来是讨好型人格，在文章里，她介绍了自己的成长经验：

“在说‘是’的文化里，战胜自己（讨好型人格）的过程很缓慢。但是自从我学会了温和坚定地说‘不’，神奇的事情就紧随而来，我的生活归于正常，人们的反应也很正常，他们非常理解。”

讨好他人，为他人活，很容易；拒绝他人，为自己活，很难。这是人们普遍要碰上的困境，不仅是你一个人觉得难。

不少人认为：只说“是”，人际关系更好，发展机会更多。我无法说“不”，又有什么关系呢？

可惜，临床心理医生得出了相反的结论。一个人不会说“不”，一个人为他人活，一个人没有自己的边界，显见的恶果有这些：

你将承受更大的压力。你无法拒绝别人，你将承接他人的需求及焦虑，就如洼地汇集污水。由此想到，不少新闻里吹捧的人物，不顾家人死活，一心只想着帮别人，他们中的不少可能正是极端的讨好型人格，拒绝别人就会死，原来心里苦得很，是应该看医生的，被媒体架起来烤，彻底完蛋了。

你无法理解别人，别人也无法理解你。你的自私属性丧失，成为一块公共领域，你无法判断来的是敌人还是朋友，你不知道他人的需求是真还是假，你的行动建立在你抑制判断力之上，你强求自己变傻。在别人眼里，你没有需求、没有声音、没有痛苦、没有抵抗，你不是一个“人”，自然无法把你当人，他们下意识里，必定占你便宜，必定欺负你。

你孤家寡人，倒也只算个人悲剧，可怜人罢了。不幸的是，有人竟然爱你，有孩子竟然出生在你家里，最后这个恶果就严重了。

你不可能是好朋友、好配偶、好父母。人无法给予他没有的东西。无法说“不”，为他人活，这样的人处于强势地位时，对伴侣、对孩子，他也不许他们说“不”，不许他们为自己活；他不知个人的边界为何物，也不许家里的弱者有自己的边界。在外是懦夫，在家是暴君，为他人活者，这是他的一体两面。

请说“不”吧。这是你的责任。

你可以向任何人说“不”，包括你的家人。

你不敢说“不”，你太在意别人的看法，你总想像别人一样活，那么，看看你的孩子，他的一生将不如其他的小朋友，因为那些小朋友的父母，他们敢说“不”，他们为自己活，他们更轻松、更快乐、更不会浪费自己的资源。

婴儿不哭第一声，医生要打屁股，打到他哭。

不敢说“不”的你，逼迫自己为别人活的你，你不敢哭第一声，没人打你屁股，但是，爱你的人、你的孩子，要替你哭一辈子。

你剥夺了他们的人生。

* * * * *

有句话，值得一说再说，说成自己的条件反射：人要成为独立的人。这目标不应放弃，否则，就白活了。

学会说“不”，这是最基本的独立技术。

不过，也有人提出：如何说“不”呢？有没有教程啊？

对会说“不”的人，简单啊，嘴巴发出一个音节而已。

不过，我意识到，对不会说“不”的人来说，难如登天。还是有写个教程的必要。

想到了通用电气的传奇 CEO 杰克 · 韦尔奇，在他任上，通用电气脱胎换骨，股价涨了几倍。

他将 CEO 视为思想者、改革者、新观念的传播者。他的主要工作是奔赴各地，不停地对员工发表演讲，将自己学到的新知识

“灌输”给他们，员工的观念改变了，公司也随之改变。

杰克·韦尔奇本身就是学习机器。更为杰出的是，他实践出了将观念转换为行为的教程，即SMART（聪明法则）：

达成目标，培养技能，要做到以下几步：

Specific，明确。

Measurable，可测量。

Achievable，可完成。

Realistic，现实。

Timeline，时间表。

它们的第一个字母，组成了“smart”这个词。

不会说“不”的人，口头禅是：随便，都可以，由你……

你是你自己的CEO，将大脑里“我要说不”的观念转化成行动。你明智地先从极低风险的挑战开始，看看用聪明法则如何操作：

明确：每天就餐饮选择，我要说“不”。比如别人问：吃炒白菜吗？我说，不，我要吃炒空心菜。记住，这是练习，即使你真喜欢吃炒白菜，你也要说“不”。

可测量：每天说两次“不”。

可完成：只要愿意，不成问题。

现实：难度极小，几乎不会引发冲突。

时间表：经过一个月的训练，我要自如地就餐饮问题表达自己的诉求，明确自己喜欢什么，对不喜欢的食物说“不”。

只要完成这微小的任务，你就有说“不”的经验，你的舌头，你的大脑，会有说“不”的记忆。

接下来，你可以挑战难度大一点的任务，比如，作为一个安静的人，如何拒绝朋友同事们过多的聚会邀请？请你按聪明法则制订计划。

给自己一点挑战，你能改变的。

得罪人，讲究稳准狠

很多人的人生毁于不敢得罪人。

先厘清概念，侵犯人和得罪人是两回事。

攻击骚扰他人的疯子，不罕见，尤其在网络匿名空间，原因很多，有不知道人与人边界的，有不允许与我不同的，还有是心理病变，在攻击与被攻击中找到快感的。行为是主动的。

而得罪人是被动的，你往往是面对侵犯者，此时你拒绝，他觉得没面子、生气，严重的跟你断绝往来。

有人天生意志强大，敢侵犯我？我就跟你干，干到你怕。强大的意志是老天爷的恩赐。

大多数人的意志靠后天磨炼，得罪人是需要学习的，从得罪陌生人开始，再到得罪朋友、得罪亲戚，最后，如果你的父母侵犯你，你敢不敢得罪？

你为什么不敢得罪人？因为你认为他还有价值，你对他有需求。经常可以看到一个强人被一个怂包坏逼朋友各种欺负，却不敢得罪。这不奇怪。

不敢得罪人，也有心理饥荒恐惧，你害怕得罪人成为你的恶名，再也没有朋友，只得靠自己单打独斗。

天生的个人主义者，有个典型特征，不怕得罪人。因为他们的信仰就是靠自己，只接受互利合作，根本不怕被人孤立。

天生没有这个优势的人，往往选择其他方式，得罪人在他们看来，未免太极端了。

他们有退让法：我把地盘让一步给你，总可以了。侵犯者不会适可而止，得寸进尺才是他们的策略。你要越让越多，除非让掉全部，否则你最后还是要得罪他。

他们有感化法：你打我，我很痛，我很委屈，打左脸，给右脸，坏人总会放下屠刀，立地成佛。这是言情剧看多了，中了毒。猪叫得再凄凉，狼也不会可怜它。

最后，他们有自我贬低法：我这么软弱，这么烂，这么无能，活该被人欺负。一切都合理了。

无论任何方法，都是痛苦的。就像馊了的剩饭，奶奶怎么再加工，也让你恶心。

你是怎么建议你奶奶的？

剩饭剩菜要倒掉，饭量有限，不然新鲜的饭菜又要剩下。更年轻的女性，你的妈妈，饮食上健康了，还会扔掉不需要的旧物，断舍离。

而你，要学会得罪人，这是情感上的断舍离，这是净化和提升朋友圈。

有几类人，必须像剩饭一样倒掉：

你和他没有任何共同话语，这是最容易的舍弃。

嫉妒心极强的人。他容忍不了你任何一方面比他强，他一般是第一时间对你发起攻击的人。

把你当情绪垃圾桶的人。他每天产生无数多的负面情绪，太阳从东边出来，他都不舒服，搞得你比他沮丧。

占你便宜的人。他们对你满脸堆笑，恭维你，还会送你价值三元以内的小礼物，甚至跟你谈理想、谈博爱。然后，他要你博爱他及他的亲友，你得免费为他干活，送他三千块的礼物。你能拒绝这种人，已经强于多数人。

强制你的人。你的人生，他们得说了算：干什么工作，什么时候结婚，何时生仔，生几个，都得听他们的。这种不幸的事，不会发生在每个人身上，你若遇上，我希望你得罪他们，这或许是一个自由人成长遇到的最大挑战。

挑战再大，主动权也在你，正如旧物无法阻止你扔掉它们，只是脑子里的想法在阻止你：这台 1990 年买的电视机，又没坏，留着吧。

断舍离，讲的就是决绝：五分钟前，破内裤还在衣橱，现在，它在垃圾桶里。

对那些侵犯你的人，决绝一点，哪怕他们曾经像内裤那么亲密。

当侵犯发生时，不给他们好脸色，表示，我生气了；

再是言语拒绝：请不要干涉我的生活，我不想和你继续交往；

最后生硬切断联系：从朋友圈删除，电话不接，小礼物不收，软硬不吃。

把这些人清除出了朋友圈，你才有容量接受那些平等待你的、健康的、强大的朋友。

需要得罪一个人时，就如发现指甲上的一根倒刺，马上剪掉是最优选择。留着，它无法重新融入指甲，拉拉扯扯，更痛苦。

得罪人，不要怕人知道，怕的是人不知道。事实上，很多狡猾的猎食者，还会假装不知道，你必须得罪他多次，才能赶走他。

坏人脸皮都厚，得罪他们，稳、准、狠，才能打得死。

* * * * *

坏人比你脸皮厚，意志强。如果你是好人，也想当好人，不可不记住这句话。

我来告诉你坏人怎么向你这个好人借五百块钱。

第一天，他来找你，拉拉近乎，最后，你们不是扯成亲戚，就是有共同的朋友，总之，加了微信，进入了你的朋友圈。然后他说：有笔生意，还缺五百万资金，能不借我五百万周转几天，给你十万利息。

你没这么多钱，有也不会轻易借。这点在他意料之中。

再过几天，他又不小心碰到你，亲热地说，哎呀，出门什么都忘了，借我五百块，回家就还你。

上次五百万没借他，欠了人情，这次五百块怎么好意思拒绝？

这五百块当然再也要不回来了。你甚至都不好意思要，要了一次，你也不好意思要第二次。

坏人老能赢好人，智力上并不占优势，赢在脸皮比较厚。他索取时不怕被拒绝，十次成功一两次，利润率够高了；而你需要他兑现承诺时，他却能无数次拒绝而不会不好意思，最后形成这样的舆论：你这人真不会做人，太计较。旁边的老好人一拥而上劝说你，你反而落了下风。

一个好人，不沦落成老好人，即那种无法坚持原则的人，我觉得，应该掌握以下几种技能：

有话直说。不要迂回，不要暗示，不要打太极。坏人一定假装听不懂，或者按有利于他的方式去理解。中国人的话语方式，有利于诗歌，不利于契约；有利于坏人，不利于好人。怎么想的，就怎么说。这是最有效率、最不易被曲解和忽视的沟通方式。

敢于拒绝。你的身体、你的时间、你的财产，都是你的，不喜欢别人的使用建议，就说“不”。

承受压力。道理我都懂，可是我不敢拒绝，因为周边的、他人的、正统的、各种各样的压力太大了，所以我只能委屈自己顺从别人。这是最典型的脸皮薄，活在他人的话语里，你只能诉求全世界都讲道理，然后不来强迫你。这不过也是丢锅侠的一种：我过不好，还不是因为身边太多坏人强迫我！其实有更充足的理由得出另一个结论：有太多坏人是被老好人宠出来的。

一个好人，总会有这个时刻，当你觉得必须维护自己的观点和权利时，你不好意思说，你感觉到压力。这是成长的关键节点，“厚着脸皮”，大大方方说自己的想法，每一次都能增长自己的意志力，这意志力，最终能保证你实践自己知道的道理。

你这个好人，脸皮要厚一点，否则，厚脸皮的坏人就要抢走你的一切。

你要和他们不一样

人要有负熵能力。

熵是什么，是混乱、无序、衰败、死亡。世界注定是熵增的，用个简单的例子可说明，你家今天打扫完卫生，几天后，又慢慢变脏了，需要再次打扫，钟点工阿姨的工作不定时定量，熵增就要毁掉你家的整洁。

我如果跟你说，你家不需要打扫卫生，因为过几天又会脏，你可能觉得我是神经病，而且你这感觉是对的。也就是说，其实人人理解熵增定律，人人也有能力在小环境中与熵增定律抗争。

人是自然界的奇迹，他天生具有负熵能力。因为人的出现，就是一连串负熵事件的结果。一个人，只要想，就可以增加秩序与活力，程度不同而已。

你不想睡懒觉，早睡早起，这是负熵能力。

你想健康，不吃垃圾食品了，这是负熵能力。

你从懒散的生活中突然惊醒，变得自律，这是负熵能力。

你说，我要和他们不一样，这是负熵能力。

当一个人从周边环境抽离，和他们不一样，这需要巨大的勇气，也是一个人独立必然面临的节点。的确很难，但是人人做得到。

曾经说到占小便宜的话题，我当然是不主张占小便宜的，心思花在小便宜上，你就变成一个便宜的人。有一部分意见很有意思，是熵增的困惑：占小便宜毕竟是人性，是多数，一个人生活在占小便宜的环境里，怎么可能不和他们一样？怎么可能不占小便宜？

这是经典的反问。当你要做任何改变时，显示出一点“要和他们不一样”时，就有人跟你说，这是不可能的，你怎么可能超脱出周边的环境？你迟早会被同化，这是人类社会的熵增。

很多人在这经典的反问中放弃、沉沦，成为和他们一样的人，成为周边环境的平均数：他们占小便宜，所以我也占小便宜，他们衰败，我也衰败，没办法的事啊。

这种反问其实是不成立的，虽然很经典。

同样这么问的人，换成另一个情境，他就很满意于“和他们不一样”了：

成绩一般的孩子是多数，他的孩子是学霸，不一样，他会害怕吗？难道会警告孩子：下次再考这么好，打断你的腿！和别人不一样，迟早会完蛋！

他身高一米八五，大长腿，和周围的矮个子、橄榄形不同，他难道不是沾沾自喜，以为姑娘只爱自己是正常的？何时想过跟人平均成一米六呢？

他发了大财，脱离周边的贫穷境地，难道不庆幸？难道变穷才心安？

这些“和他们不一样”，自然而然发生了，发生在谁的身上，都觉得可以承受。所以，放心，每个人都有能力“和他们不一样”，人可以超脱出周围的环境，即使你周围环境没有一个偶像，也能做到。前不久，有个人告诉我：从我十多岁时，就知道，我的父亲做的事，几乎都是错的，我对自己的教育就是，以后碰到同类事情，不要和他一样。

这种把父母当成反向指标的孩子，应该不少，很多长得很好。环境很糟糕，却想办法成长的人，就是负熵能力强的人，放在任何一个环境，都不会被同化。人类社会，也是靠这种负熵能力，才逐渐变好的。

因为周边的人都占小便宜，所以我也得占小便宜，这是最典型的占小便宜思维，一切占小便宜的行为，都是由这思维引导的。当一个人想推诿责任时，当一个人想变成衰败与死亡力量时，这种“因为周边很糟糕，所以我不得不糟糕”的句型就会出现。

不占小便宜是件多大的事？你不占小便宜，会死？

你做的选择，和他们不一样，真做了，都像不占小便宜一样，小事。你不想做，只是自己负熵能力低，自己太想占小便宜而已。

你要和他们不一样，当你有机会和他们不一样时，不要害怕，那正是成长的机会。

你是你自己的作品

人是观念的产物，现在正确的观念唾手可得，就看你有没有胆接受，有没有胆执行。

过小而困难的生活

我岳父岳母是一对奇人，这体现在他们对女儿女婿的生活保持完全的尊重，即使生活方式与价值观与他们完全不同。

我当他们女婿二十三年，从来没有被说过一句。作为一个上辈子拯救过银河系的人，这是我该得的。

除了偶尔的朋友聚会和出差，我的生活简单：每天八点半左右起床，喝茶，便便，读，写，午餐（不是每天都吃），喝茶，读，写，晚餐（不是每天都吃），健身（每周两三次），喝茶，读，凌晨一点左右睡觉。

还好我的生活中还有酒和性生活，也看比赛，要不然，就是僧侣。

岳父岳母算是做实业的，完全不懂这种生活有何现金流入。其实，我从开始写专栏，就一直是最高稿酬那部分作者，没有大富大贵，但也没穷过。

过了很久，他们才知道，然后感叹：这个书呆子，还是知道赚钱的。

虽然被误解，我还是挺感动的。在他们认为我一分钱不赚的时候，也对我非常好，一点焦虑都不会流露。反正女儿喜欢的书呆子，他们就喜欢。

当然，好的岳父母，可遇不可求，这是撞大运的事，这不是本文的重点。

我的重点是：我认为能过简单的生活，才是我拯救银河系的报酬，即使这简单你身边的亲人也要花很长时间才接受。

简单生活为我提供了长跨度的时间计划，系统学习一门知识，或者掌握一项技能，没有几年时间，是不可能完成的。如果你相信一万小时成专家，一天五小时，一天不间断，五年才能完成。

我想，天才级的，或许不需要一万小时，但大多数像我这样的中人之资，这卡得打完。没有简单生活的庇护，你生活的中断太多，大到战乱，小到家庭动荡、身体疾病，那么，计划就不得不中断。

简单的生活有时候让人产生倦意，这很正常，在迪士尼乐园待久了也会烦啊。

简单的生活，你应该爱惜，这是成长的好环境，是你的福报。

有日本哲人把生活分成四种：大而困难的，大而容易的，小而困难的，小而容易的。

大而困难的，总面临生死抉择，玩轮盘赌，不是生就是死，这是少数人干的。

大而容易的，比如巨富家的小儿子，有大笔遗产，又没有继承家业的负担，这是命好。

这两种生活，是概率，是先天。

我们得在后两种里选择。这选择向所有人开放。

小而容易的和小而困难的，人的本能让你挑选前者，你碰到的大多数人也会如此建议，这不稀奇，因为他们就生活在小而容易的生活里。

小而容易的生活观是，生活的压力最好都由别人担，做决定、不停地解决问题，这太辛苦，我要活得像个机器人，机械重复即可。这就是所谓的“有保障”的生活。这生活不需要你提升，也无长期计划，你只要杀时间。

我建议你不要过这种生活，这是低等动物过的，猪、牛、马，就是这种生活，每天吃草、交配、繁殖，然后死掉，或被吃掉。

人有动物性的一面，吃、交配与繁殖，但一生只有这些，满足于当一个基因的搬运工，也挺可惜的。

所以，我建议过小而困难的生活。

它看起来简单重复，但每天你都面临小挑战，有些小小的未知需要求知，你是你自己的主人，这回归到人类祖先的生存状态，一日不作，一日无食。

人是由小挑战、小进化累积而成的，它们需要小困难。

亲爱的你，正在读这篇文章的你，如果是独自一人，如果经常需要独自一人解决小困难，日复一日，要啃掉一本教科书，要完成一项实验，要写完代码，要说服客户，要写一篇文章，要听孩子的烦恼……不要被偶尔的孤寂打败，要知道，这才是一个人正常的生活。

这小而困难的生活，它能持续到我们生活的终点，正是幸福快乐的标志啊。

我希望我死的那一天，还在写当天的文章。

* * * * *

经常要面对一个疑问：人生有无意义？

我会给出一个骑墙的答案：人生，既有意义，也没有意义。

不说宇宙，仅在银河系，地球都是一粒微尘，一个人，是微尘之上的微尘，有何意义可言？就是人类灭绝了，也是微尘级事件。

细想人类，他们是没有意义的。所谓的进步是这样：绝大多数人，99.9999%，只是完成物种繁衍，等着某个天才，无中生有地搞出新技术，彻底提升人类的生活或认知水平——比如图灵发明计算机，比如乔布斯将智能手机彻底推广——所以我们今天能如此方便地拿着手机阅读。

我肯定不主张悲观地放弃人生：既然没有意义，那就混吃等死。我也不盲目乐观地认为，只要你努力，就能成为改变人类的那 0.0001%——估计你我都没这个机会，至少我没有。

前几天，说到自己要工作到一百岁，有个朋友问道：难道不能平淡生活，非得追求优秀？

无法优秀，就有罪过。从家庭到学校，这是教育犯下的核心之错，只有前几名的孩子，觉得自己正常，其他孩子，充满了羞愧与自责：我是笨蛋！我太无能了！慢慢形成所谓的“愧基人格”(toxic-shame-based character)，不接受平淡的、普通的、会犯错误的人生，要么幻想自己是绝对完美的圣人，要么鄙视自己为一无是处的贱人。

工作到一百岁，在我看来，并非追求优秀，不是不接受平淡，它正是告别“愧基人格”的人生体验，舒服得不想停止。早起耕种的一百岁农夫，他的劳作，对他人没有意义，没人因他退休而饿死，他只是取悦自己，或许叶面上的露珠实在美妙，每天都要欣赏。

我们这些平凡的微尘，三步以外，并无意义。越宏大，越无意义，意义只在自己身上，和，在那三步之内，另一个爱你的平凡的人。好了，去抱他一下，亲他一下，又工作，又享受，活过一百岁，两粒微尘一起跳舞，这才是人生的意义。

好奇害死猫，不好奇害死人

你身边生活着僵尸，体现为他们爱说这几句话：没什么用的！我早知道了！事情都一样！不过如此！这些话听起来饱经风霜，其实是缺失好奇心的标志。有些年轻人觉得这么说很酷，是在找死，不仅不躲僵尸咬，反而主动去咬僵尸。因为好奇心可以培养，也可以杀死。

说到这种话题，怎能少了一位永远的男主角呢，他就是爱因斯坦，关于好奇心，他是这么说的："我没有特别的天赋，我只不过有强烈的好奇心。"

一篇发表在美国《神经元》（*Neuron*）杂志的文章证明，好奇心甚至能提高人们对"无兴趣之事"的学习与记忆能力。对于那些实验参与者更好奇的问题，在给出答案之前，闪现一些大众脸的照片，隔段时间测试，他们对这些脸的辨识度大大提升。

好奇心，在心理学家克里斯托弗·彼得森和马丁·塞利格曼看来，更是联系着人的诸多优点：创造力、智力、解决问题的能力、自主性、自控力、愿意改变现状；它还能带来以下正面影响：幸福感、健康、长寿、良好的人际关系。

人天生就有好奇心，不过由于焦虑、懒惰、恐惧、惩罚或者溺爱，慢慢消失了。当然，它也可以经由训练重生且变强。方法在孩子身上，他们不停地提问，能把大人搞崩溃，这就是好奇心旺盛使然。我还记得小时候有次和一位老人走夜路，问他为什么路上的水洼是亮的，泥土却不亮。他的答案是：我们要专心走路！人的好奇心也就是这么凋谢的，因为绝大多数人好面子，不愿意承认“我不懂这个问题”。

更可怕的是，人害怕自己会提蠢问题。

世界五百强之一的陶氏化学公司，它的 CEO 迈克·帕克，有个有意思的观察：许多领导者是知识渊博的天才，但他们最后都失败了，就是因为他们不愿意提问，害怕提问——他们不知道，就是愚蠢的问题，也有其价值，它至少可以开启一次谈话。

隔行如隔山，知识分工如此精细，我们提问，往往是蠢的，知道这点，才不会害怕问错了没面子，常问“为什么”，就可保有好奇心。

人生的三阶段

像鸽子一样温顺，像蛇一样狡猾。这是一句最好的人生格言。

像一切比喻句一样，这句话也容易引发误解和误读，请容我细细解读。

人生的第一阶段，像鸽子。温顺是容易的，小动物总是通过取悦抚养者，以换取哺育，如果令人讨厌，一被遗弃，他们的存活概率很低。尤其是人，这个物种成熟慢，小时候特别脆弱。漂亮小孩不说了，丑小孩，也都萌态可掬，因为卖萌是孩子的属性，天生的技能。

所以成为鸽子，并不难。现代人的生存压力减弱，孩子数量减少，“玩”孩子的需求大大增加。他们特别想延长孩子的鸽子期，希望他们不要长大，永远那么萌。肉体上很难做到，于是延续他们的童稚心理，屏蔽一切所谓的“负面”资讯，是常用的手段。这些孩子没有风险意识，以为人人都是天使，谁都会哄他们、喂他们；他们吃得肥肥的，在广场上踱方步晒太阳，负责象征和平。

因为存在脆皮乳鸽这道名菜，对鸽子的吃法也博大精深。在离家之前，从鸽子进化到人生的第二阶段是必需的，你得成为一条毒蛇。

蛇是进化的杰作，总的来说，它们力量弱小，体形不大，可用的技艺也不多，它们甚至连爪子都放弃了，极简主义的代表。但是多数人都本能地畏惧它们，就算明知无毒，也没有勇气去摸它、亲它。被蛇咬一口的后果，可能是失去生命，所以，最省事的做法是离所有的蛇远一点。

同时，还需要你多想一步：你会进化，别人也会，他人也像你一样，从鸽子变成了蛇。不要无故招惹别人，因为你很可能受到致命的还击。

得到蛇的力量，用得过度，四处恐吓，人人躲避，他人甚至可能合力消灭你，这听起来也不是快乐的生活。如果你能像蛇一样享受孤独，那停留在这阶段也行，至少比成为猎物的鸽子好。你大可炫耀毒牙，喷射毒液，没有朋友，没有爱情，没有温暖。

人需要聊天、拥抱，还有亲吻和性爱，我们需要美好的、有温度的关系。在炎夏的傍晚，夕阳似乎烧到尽头，你手握一瓶冰水，和相爱的人（或者亲密的朋友）一起散步，接下来，星光开始调亮，周边好像开了空调，凉风一阵阵吹来。我们和人，和世间万物，大概就需要这样一种关系：保持适度的距离，欣赏并享受他们的力量和美。

只当蛇是不够的，我们需要到第三阶段：兼具鸽子与蛇的好处。

你像鸽子一样容易接触，有亲和力，没有攻击性。遇见危险和不喜欢的人与物，第一反应是最有效率的退让，飞到别处去，我有天空可供退让，不和坏人纠缠。不得不还击时，你又像蛇一样迅速及凶狠，不犹豫、不拖拉，以牙还牙。当你到了这个境界，别人只会更尊重你，自然，也不敢欺负你。

* * * * *

我有些朋友素质非常高，但我常对他们说：你的致命弱点就是太好；想要活得更好，你就不要那么好。

我不是开玩笑，是当真的。

微信公号有个非常好的设置是，读者评论须经作者筛选，方可出现，所以，讨论的氛围非常友好。当然，后台也会有不少疯子一样咒骂的评论，甚至有人这样建议：正因为我骂你，所以你要让我的评论上墙，这样可以显示你的宽容。

我微微一笑：去你妈的！

有人一看到上面那句话，就会跳起来说：连老师，你怎么可以说粗话？！

像 Twitter 和微博这样公开的社交媒体，攻击性的言语比比皆是，这也是很多人不想在上面继续玩的原因之一。

理解力低下的人，有一定比例，你的每句话在他看来，都是错的；巨婴型人格，有一定比例，你的每句话，都得合他的意；攻击型人格，有一定比例，你的每句话，他都不爽；精神病人，也有一定比例，说不定被骂了他更爽——这些人汇集起来，就骂声震天了。

我活到今天，深切认识到的一个真理是：自我苛责和他人的苛责，将会毁了你；你要能成长，就得有能力抵抗这两类苛责。人得保持开放的态度，当自己的观点经不起逻辑检验时，应该放弃，但人不应该接受他人的苛责（辱骂）。

这种抵抗力，体现在保有你的攻击性。正如别人知道你有枪，那么，你个子再小，你年纪再大，强人也不敢贸然攻击你。而别人可以低成本（零成本）抢夺你，你一定是长期的受害者。

有一些孩子，在学校长期被欺负，他们往往不是个子最小的，而是性格最软的，甚至个子大也不会还手。他们，丧失了抵抗力，觉得任何强硬一点的人，欺负他们就是应该的。

他们的攻击性，就是在家庭的乖孩子教育中失去的。孩子在认知自己边界时，总是“麻烦制造者”，他不会说话时哭，会说话后争论，各种不服气，总而言之，他总是显得不那么乖。

不“乖”的小孩，总是让父母（抚养人）的意图不那么容易贯彻实施，尤其是不合理的，还将遭遇反抗。这时候最省事的做法就是利用孩子的弱势地位，强力镇压，用语言或肉体暴力使他彻底服软。

这种家庭出来的孩子，会走两个极端。一是滥用暴力，四处侵犯他人，他模仿施暴者，成长为一个欺软怕硬的流氓，人人不喜欢他，他的人生也充满风险。二是彻底没了暴力，不设防，谁都可以欺负他，专业能力再强，都沦为他人的牺牲者。

暴力，是个中性词。它是你的资源。主动用它攻击别人，是错的；被人暴力攻击而不还以暴力，也是错的。将暴力从人性中剔除，人就不是人，而是肉鸡。暴力，在教育中，已经污名化，似乎成了百分之百的坏东西。

我在微博上，隔段时间，会用攻击者的方式回敬他们，以眼还眼，以牙还牙，主要就是传递这个信息：我攻击力满格，你看着办吧——毫无意外，这时候一定有乖孩子代表跳出来说：连老师，怎么可以骂人呀。你不乖哟，不是好孩子哟。

我劝你不要当坏孩子，不要去欺负别人。

我也劝你不要当乖孩子，不要被人欺负。

坏孩子一生不太妙，乖孩子可能更凄惨。坏孩子可能会倒霉，可乖孩子的命运必然被欺负，那些索取者、剥削者，一旦嗅出你身上乖孩子的味道——你是一个不好意思要报酬的人、你是一个被欺负了也不吭声的人、你是被威胁了就会顺从的人——那么，他就会像蚂蟥一样吸附在你身上。你的整个人生，都是别人的，你连古代的奴隶都不如，那些奴隶，还要鞭子抽呢，你却是自愿的。

不要当乖孩子，这世界有很多恶人，有很多恶意。人类社会，难逃弱肉强食的规则。乖孩子很容易成强盗与小偷的牺牲品，也正因为乖孩子太多，盗贼的日子太好过。

保有你的暴力，不放弃你的攻击性。这是你当好人的要件，这样你才能保护你的好。

这几项技能建议持有：

不合作。当你知道对方侵犯你利益的意图和行为时，成本最低的方式就是远离，拒绝与之一切合作，任何牵扯都继续损害你。

表达你的情绪。不要给侵犯者所谓的面子，他想侵犯你，你却考虑他的面子，这已经在受辱了。更不要恭维他。不要给他面子，冷淡他，拒绝他，不理他。

敢于对抗。在退无可退之时，小个子孩子敢于和校园流氓打一架，即使输了，境遇也会好很多。这行动让对方知道：这是个硬汉，欺负他的成本太高，被报复的可能性也大。他们会转向更软弱的人。这行为模式，在成人世界，也是一样的。

我不仅自己会说粗话，还要鼓励你说粗话，当你被别人攻击时，你要自然而然地回一句：

去你妈的！

人是生而不平等的，这不是坏事

你比我努力，所以你比我成功，这我服气。

你比我幸运，所以你比我成功，这我不服气，甚至要嫉妒。

这应是很多人共同的心结，听起来也合理，正如一个网友给我的留言：

“从小身边就有很多比我强大的人，各种钦佩、学习，把自己也变成那样强大的人，但慢慢发现自己开始嫉妒身边那些‘好运’的朋友，她们依靠父母、丈夫也可以不用努力工作过上舒适的生活。虽然一边为自己的独立骄傲，另一边却仍不免心中戚戚。连叔，是我越活越回去了吗？”

平等是一个非常容易被误解误用的概念，稍有不慎，就能以平等的名义干蠢事。

平等只能是维护生命权与财产权上的平等：富人杀穷人，以命抵命，不能因为富人阔穷人一百倍，所以他可以杀一百个穷人；穷人欠富人一百块，不能因为富人身家一百亿，穷人就可以赖账。

除此以外，人是生而不平等的。

人是生而不平等的。这不是坏事。

有人天生聪明，智商一般的人努力一辈子也追不上他们，甚至理解不了他们。正因为有这些天才，我们才有了手机、电脑、互联网；才有空调、冰箱、吸尘器；我们才有谷歌、苹果和腾讯。

如果人类智商都平均，可以断定，99.99%伟大的发明、伟大的思想和伟大的作品都将消失。因为人类发展，就是天才的想法惠及普通人的过程。

除了智商，还有太多的不平等：你的出生地，你的容貌，你的性情。

一个姑娘出生在上海，另一个姑娘出生在偏僻的乡村，这是天大的不平等，大到需要女娲来补。

多年以后，乡村姑娘凭自己的努力，过关斩将来到上海，租了间小房子，新生活从此开始。一到公司报到，发现邻桌的上海姑娘，漂亮、时尚、温柔，家里五套房子，开着宝马上班，下个月嫁人，老公身家三个亿，随时可以辞职享受生活——内心不得不生出不服气，凭什么？她什么也没做！不过会投胎！我生气一下，我嫉妒一下，难道不应该？

是的，当我们知道有“幸运”这个词，知道世上随时有人走运，我们了解世界，就得把幸运这个参数引进来，否则，你对世界就有误解。

别人比我聪明，出生地好，家境富裕，比我漂亮，都属于幸运。一个人不必为自己的幸运道歉，毕竟，他的所得并不是抢来骗来的。

绝对的公平观，则引发不必要的仇恨：你比我幸运，所以要剥夺得多一点，让你和我平等；鹤的腿过长，得砍一节给鸭子。

我有个朋友，很聪明，但一度也受绝对公平观的影响。这难免，因为教育里，这种煽情太多。有一次，他对朋友抒发此类愤恨，他的运气来了，与他交谈的，是另一个聪明人，而且没有认知误区，淡淡地回了他一句：按你的逻辑，姚明就不该打球，得让矮个子去NBA——就这么一句话，这个聪明人的观念就改变了，何等幸运。要知道，很多人一辈子都不愿改变错误的观念，他人越说，我越固执，以示我的尊严。

这个觉悟过程我们都会有，希望这过程越短越好。

人是生而不平等的，有的人比较幸运。世界就是这么运行的，好比有引力。接受这点，你起点低，恨和嫉妒也会逐渐消失，这些幸运的人，他们没有做错什么，姚明不打篮球，别人还会嘲笑他：白长这么高了。也就是说，一个人不发挥自己的天赋（幸运），才是不对的。

我要再次推荐《宁静祈祷》：

> 愿我有宁静，接受我不可改变之事；愿我有勇气，改变我可改变之事；愿我有智慧，区别这两类事。
>
> （God grant me the serenity to accept the things I cannot change; courage to change the things I can; and wisdom to know the difference.）

有人生而比我幸运，这是不可改变之事。我能把自己的才能发挥得更好,这是可改变之事。没有勇气改变自己,才会去恨、去嫉妒，扎小人，希望他人倒霉。

接受《宁静祈祷》，三十八字（我的译文版本)，你已经成为一个幸运的人，你原来浪费在改变不可改变之事上的精力，都可用来改变自己。

* * * * *

我很喜欢一个企业家的用人原则：德才兼备的人，人人喜欢，当然要用,不过这样的人很少,多数人,德才总是不兼备,有点缺陷，要用那些德胜于才的，不要用那些才胜于德的。

德胜于才，这种人唯一的弊端就是事情做得不完美，能力不够大，但始终是加法，雇用他，得到总是多于付出，风险不大。

才胜于德，他控制不住自己的贪婪、狡诈，而且有足够的智力去做坏事，别说把老板骗得团团转，贪污挪用也可干得滴水不漏，多年以后,事情败露,你不仅付出财产上的损失,还会怀疑人生：人，怎么可以邪恶到这种程度?

凭这原则，你大概可以预判一个人的未来。

有些刚起步的年轻人,一无所有,但他守信、好学、自立、勤奋，你知道，经过十来年积累，中年的他应该是属于金字塔上层那百分之二十的人，该有的，他都不会缺。

而有些侥幸得势的中年人，现在过得不错，颐指气使，当发现他言而无信、耍奸使滑时，大可看淡他的未来，他的系统无法持续，稍有价值的人，都不会和他合作，最后沦为一个坏人对抗全世界，怎么可能赢？

你想在十年后成为什么样的人？那就培养自己吧。你是你自己的作品，短期难说，长期来看，你的命运和你的德行相称。

人是可以改变的，不然活着就无意义，还不如一条咸鱼。

来个更具体一点的标准，受人喜爱的德行是哪些？

有心理学家做过研究，按重要程度划分，依次是：

诚信——当然，你不必对正在吃零食的女同事说：你又胖了！诚信不是二百五一样不顾别人感受的大嘴巴，而是指你是可依赖的、守承诺的，你一定不会偷偷侵占他人利益。

其他分别是：同情心、公正、慷慨。

而令人厌恶的恶德，有趣的是，中国家庭里溺爱出来的孩子，几乎都占一两条。这些孩子的成长过程，很艰难，先要有自省能力，还要有行动能力，否则，一生难逃令人讨厌的结局——最后，你的配偶和孩子都会讨厌你。

恶德排行榜是：

依赖。永远需要一个保姆，要父母照顾，要配偶照顾，要孩子照顾，除了上厕所，一辈子没有独立完成过一件事。无脊椎动物，不赖在别人身上无法站立。

自辩成瘾。任何事情都能找到借口，我不会错，错的都是别人。我穷没错，错在别人嫌贫爱富。

犹豫不决。不敢做决定，不愿意承担责任。懦夫。

懒惰。以及，爱贪小便宜。

大奸大恶之人，反而会克制上述恶德，细节讲究。生活中，那些令人头疼的家人与同事，小奸小恶，多是细节粗糙，而且不加修正。时间一长，别人想到你就头大，冷落你，回避你，拒绝与你合作——人生的路啊，只能越来越窄。

去掉恶德，养育美德。这可能是自我教育的主要内容吧，打这种美好的战役，你才能留住好运，保有幸福和财富。否则，连你有的，也要被剥夺。无德之人，是不配有好生活的。

不要让思乡病变成贫穷病

歌颂故乡是最讨巧的主题，即使故乡是穷乡僻壤，对它抒抒情，似乎也能打动读者。

读者的感动并不是虚伪。思乡确实是真实的感情，你觉得此地的月亮更圆，人情更美，语言更像音乐。

可绝大多数故乡是不值得思念的，穷乡僻壤的话，百分之百不值得思念。思念不值得思念之事，会毒害思维。很多地方毫无希望，应该彻底荒废。

我来解释一下。

世上绝大多数人一生的轨迹是相似的：出生、学习、工作、买（建）房、成家、抚育后代、衰老、死亡。代代如此，周而复始。富裕地区是这样，贫穷地区也这样。可两地之间的财富为何天壤之别，而且差距一直拉大？

富裕地区的人更聪明更勤奋更有远见？我不觉得。论勤奋，可能贫穷地区的人更勤奋，有几个人雇钟点工？事事亲力亲为。观察两地人群，可以发现他们共享许多愚昧。人性是相同的，无论在哪里。

两地差异由地价拉开。富裕地区地价保持长期的上涨，贫穷地区不涨，甚至持续下跌。一生轨迹确实相同，但因为房产处于不同地方，最后财富是十倍百倍之差。

一个人出生在富裕地区，你老实按常规走完人生，你甚至可赢过贫穷地区的塔尖阶层。这是会投胎，这是幸运。

当然，投胎功夫差点的人，也不会永远“不幸”，人是可以流动的，他可以离开贫穷的故乡。早期，考大学是唯一路径，考入富裕地区的大学，获得在富裕地区工作生活的权利。现在，考大学仍是重要路径，但低门槛的路径比比皆是，你只要下决心买张车票即可。我一直认为，现在比过去好，现在是最好的时光。将来，人口彻底自由流动，人们都集中在富裕地区，将更美好，即使富裕地区出现大量的贫民窟。

出生地不同，同样的思乡病，也起不同的作用。

富裕地区的思乡病，助人不害人。到了贫穷地区，他想尽办法回到富裕的故乡。举个极端的例子，一个出生在上海的赤贫者，他脑子里很难产生“到小县城讨讨生活”的念头，他只会钉在上海，等机会，等自己能力长进，他始终没有失去地利优势。

贫穷地区的思乡病，只会害人。作为富裕地区的新移民，与原住民比，刚开始全面处于下风，沮丧、挫折，泪眼矇眬中，金窝银窝都不如故乡的狗窝。“我还是回家讨讨生活吧”，这念头会特别强烈。

我知道的，就有不少孩子原本在一线城市有工作机会，却被父母“温柔”地招呼回县城（甚至乡镇）当公务员：为什么要在房价那么贵的地方受苦？还是回来当人上人吧！正因为贫穷地区的家族系统支持你，让你思念，反而害了你。

中国的城市化，远未完成，资源向富裕地区（强势城市）集中的过程不可阻挡，贫穷地区的思乡病，会让你违逆这个潮流。

道理并不复杂，但一定很多人不接受。那也是没办法的事。放弃错误观念，并迅速执行正确观念，只有少数人才能做到。这也是致富的好习惯。

有位母亲在我的公众号留言称，她开始向女儿说人口多房价高的才是真正的好地方。前不久，也有位母亲说，终于不再要求女儿离开北京回老家过轻松的日子。看这类父母的留言，总是让我很感动，作为他们的子女，那是真幸运，没有出生在富裕地区，也能赶上富裕的潮流。

人是观念的产物，现在正确的观念唾手可得，就看你有没有胆接受，有没有胆执行。

不要做“无私”的懒汉

“自私”是美德，但它被污名化为恶德。

在当下，说一个人自私，仍是贬义。说一个人不自私、无私，仍是褒义。当这个世界价值观黑白颠倒时，活在其中的人，你若诚实，就会精神分裂，因为真实的人性和宣讲的教条是违背的。而伪君子，却如鱼得水。他们是凶狠的双标狗，一个劲让人无私，最后自己收获别人放弃的私。

我辈应有见识和勇气，说“黑是黑，白是白”。如果你是我资深一点的读者，可能多少对“自私”这个词恢复了好感，但我估计你仍不敢像我一样说：自私是美德。当别人批评自私、表扬无私时，你最多只是做到不帮腔。

一个没有自我思考过的人，他脑子里全是背了多年的标准答案，此时往往会抛出“尖锐”的问题：既然自私是美德，那么，盗窃、抢劫和强奸就对了？都是为了满足自私！

世上确实有这样的罪犯，从来不会断过，历史上还大规模出现过。现在越来越少了，为什么呢，因为侵犯行为成本太高，侵犯者面临加倍的复仇和惩罚，理智地多想一步，就不会这么做了：侵犯他人，当下似乎可以受益，长久来看，太不划算。

我自私，也得尊重他人的自私，如果我侵犯他人的“私”（身体、财产），那我就保不住自己的“私”。

人有意无意伪装成“无私”，你还不易辨识侵犯行为。偷东西自己用，是无耻的贼；认为偷富人家的东西给穷人用，这是无私的奉献，因此成为“侠盗”——你脑子就是这么被搞坏的。

一个自私的人，为了无止境地满足自己的私，要更好的房子、更豪华的车、更多的钱，他最有效率、最安全、最温暖的做法是让他人得到满足，让人心甘情愿为他的产品和服务付钱。这就是市场运行的原理。私营饭店和国营饭店，前者为自己赚钱，更自私，但态度更好，质量更高。

这就是自私的美德。越是自私的人，越是想办法寻求合作。市场无比繁杂精密，每一秒都有成千上万的人为满足私欲在进行交易。正是他们不休止逐利的自私行为，才让你我活得这么舒服，点点手机，什么都送到门口。

假如存在绝不合作、孤家寡人的自私者，即使这样，他也没有害处，你了不起得不到他的好处，他不会来烦你，他不会害你，更不会为了你好逼你穿秋裤、逼你生孩子。仔细想想，他没一点侵略性，其实让你舒服。

自私无害有益，多多益善。

只有行动或思维上的懒汉，才会追求无私，他们梦想在无私的社会，有勤奋的人无私地帮他们，给吃给喝。

懒汉只看得见他们愿意看到的，看不到需要推理一步的。一个人变得聪明，就是学会多看一步，看到其他人看不到的。自私者绝不免费为你工作，个个独立，这世界似乎要原子化了！这是你看得见的。其实自私的独立个体，为了私，个个愿意互惠合作，这世界才彻底告别了孤立对抗的原子化。

懒汉们最早听说有人建议，大家开车靠右行驶，又有效率又安全，他们就相当吃惊：那么，左边留给谁走？

在自私问题上，他们现在也在犯这种判断错误：大家都自私，谁来帮助人？

答案是：大家都自私，则意味着大家都在互相帮助。

* * * * *

正确的三观不仅只有审美价值，它还能产生利益与快乐，否则，就没那么多人希望自己三观正。

绝大多数错误的三观，不至于让你马上死掉，但它让你的生活无力、贫穷和悲惨，到最后，你还不知道原因何在。

人身上，多少有些错误的三观，遗憾的是，人对它们反而分外有感情，舍不得改变。这也是许多人固执到死的原因。这也是很多中老年人不愿意改变自己的原因，像是否定自己。

亚当·斯密说，市场上的所有人都自私自利，却为他人创造出了便利。这观点并非斯密原创，却因他而光大，它将人们从“自私即恶”的错误三观中释放出来，有了现在的富裕与文明。

可是，几百年过去了，还有无数人坚信“自私即恶”，抱着错误的三观不放。我们别当进化得这么慢的人，让自己活不好，让别人看笑话。

得到正确的三观，自身经验、阅读，都是很好的途径。它们的缺点是，比较耗时，我推荐一种更好的方式：看电影。

一部电影，两个来小时，却往往可以把某个领域的问题说透，你从中得到的三观，有画面感，很难遗忘。

在我二十岁时，1990年，无比闭塞、沉闷，资讯的流动极慢，得到一点好东西，全凭运气。我当时拿到了《教父》一、二的录影带。奇特的是，有关克制，有关谈判的本质，是从这部黑帮电影的一个情节中得到的：

各大黑帮由于利益冲突火并一阵后，老教父的大儿子死亡。他怎么做呢？收敛悲伤，和对头坐下来谈：你损失了人员，我死了儿子，我们扯平了，到此为止吧——你要走得远，想把事情做好，需要的是能为对方创造利益，让人有所得，自己才有所得，双方都无谓消耗，是最坏的选择。只会盲目使用武力的黑帮，永远做不大。

虽然我经常安利《教父》，但今天要推荐另一部电影，它作用更大，甚至能教你一整套经济学常识，而且，非常好看。

人一生，很难不和药品打交道。该怎样得到药品？怎样保障药品的质量？这些问题无人可逃避。绝大多数人从脑海里调出药品观，得出的答案是：政府一定要管！人命关天的事。

涉及如此专业的商品，有一部根据真人真事改编的电影，告诉你真实世界是如何运转的。它就是《达拉斯买家俱乐部》。这里摘录一下豆瓣网对这部电影的介绍：

> 1986 年美国达拉斯市，恐同的德州电工罗恩·伍德鲁夫患上艾滋。医生宣布他生命只剩三十天。他使用的 AZT（叠氮胸苷）是当时美国药管局唯一批准面市的抗艾药物，毒性极大。
>
> 为了活下去，罗恩开始走私来自世界各地的药物。在医生萨克斯和异装癖同性恋雷蒙的帮助下，罗恩成立了“达拉斯买家俱乐部”，为艾滋病人提供更有效的走私药品。他的“违法行为”自然受到了药管局镇压。罗恩最终在 1992 年 9 月去世，在多活的近七年里，他与病魔和药管局进行了艰苦的斗争。

美国政府，被许多人认为是世界上最好、最爱民众、最有效率的政府。《达拉斯买家俱乐部》告诉你，这是对政府的幻觉。一种药，即使在他国证明是高效低毒的，只要没有美国政府的批准，美国境内的人就不能买、不能用，只能眼睁睁等死，你敢用来自救，就是犯罪——很荒唐吧，但各国政府都是这么做的。在 A 国的好药，进入 B 国，就要经过漫长且烦琐的审批，其间，很多病人不得不死掉。

药品要安全，要得到最新最好的药，答案不是“政府要管一管”。《达拉斯买家俱乐部》给出的答案是：政府不要管，让病人自己管自己——这有别于大多数人的三观，可能也有别于你的。

我们深信的观点受到挑战时，总是会生气，会厌恶新观点。

我劝你保持平静，记住《达拉斯买家俱乐部》所说的事与理。终有一天，或是明天，或是明年，你会接受它的，到那时，你才算是远离风险。

在自由用药的情况下，一个人由于愚蠢、无知或偏见，可能用错药，可能耽误自己的病情，这后果由他自行承担。而当这个人是药管局官员时，他的愚蠢、无知或偏见，就要危害整个国家的病患。事关自己生命，每个人的判断都会尽量谨慎；官员审批药物，并无切肤之痛，低效、敷衍或者因贿赂批准劣药，都不是什么新闻——你要用药时，希望命运由他们掌握吗？

出了事，大喊一声：政府应该管一管。这是很轻松的事，我们从小受的教育，也是这么教我们的。可悲的是，这种喊声只是造就了“政府万能”的神话，我们在这种神话中，放弃自己的判断力，总以为有全能的政府保姆能照顾自己，最后，是一个接一个的悲剧。

一定要看看《达拉斯买家俱乐部》，知道这点：美国政府不是神，也在作恶；更要知道：你要掌握自己的命运，相信自己，才能活得更久。

被垃圾选择淹没的人生

选择令人痛苦，选择总是伴随着放弃，这放弃里，多少总有点价值，于是产生损失厌恶。

不做选择的人生必然是失败的，其实也不太可能发生，只要是人，自我意识再弱，你总是想做选择的，只是没有能力，或随波逐流，或被他人掌控，你想逃而不敢逃，很痛苦。

而更多人走向了反面，他们的失败源于做出了过多的选择。这点我是有发言权的。我收到的邮件里，百分之八十以上的人，是在不必要费心的选择上，耗费了过多的精力。

A 人与 B 人，我感觉差不多，选谁？ A 城与 B 城，半斤八两，我去哪儿？

我的答案是，一秒之内随机选。如果你一定要听某种暗示，那就扔硬币，假装这是命运的选择。

巴菲特曾给投资者建议：假定你一生只能做二十次交易，你的选择自然更有价值。世界上印钞机级别的好公司，谁都知道，市场上天天都买得到，可是敢买、买了又忍得住不经常倒腾的人，就剩下巴菲特级别的投资者了。

他们赢过一般人，不是赢在特别聪明，而是赢在不浪费时间精力，专注重要的选择，然后保有正确选择的成果。种了一棵苹果树，就好好把它养大，而不是两个月后拔掉，再种一棵梨树。这种选择，就是所谓的垃圾选择：你忙忙碌碌，成效极低，还不如不做。

人最珍贵的资产是时间，时间消耗在垃圾选择上，你的所得，也就是垃圾的。做的垃圾选择多了，人也就成了垃圾人，价值越来越低。

你见过不少人，因为青菜每斤便宜几分钱，不辞辛苦，多坐几站公交，多耗几十分钟，最后能省几块钱，这就是他的身价。穷人因此无法更阔，阔人这样更可悲，因为钱没给他带来更多自由。

如果你是一个正常的人，年岁越长，你会越不在乎无谓的争执，你会越来越宽容，因为这样有利于你，赢了也就是垃圾一样的胜利，你的时间不至于这么不值钱。

你甚至会舍弃小的利益，因为与其花时间挣那点小钱，不如用来吃喝玩乐，把精力积蓄起来做更重要的事。

当然，你在该“冷酷”的时候，也会更“冷酷”，无价值的人与事，你不再被纠缠，一刀两断，你也不在乎无谓的温情。那些无尽消耗你的人与事，你敢了断，这样的重要选择，才值得做。

可左可右的小事不屑选择，大是大非的大事不怕选择，这样做选择的人生，才能清爽。

生存在这危险的世界

网速越来越快，天边的消息同步到你手机，这让世界看起来更危险了：某个弱小的孩子被流氓当街打死了；某个年轻女孩被导师强暴了；有年轻人出门散个步，却不明不白死掉了。

媒体传播，天然喜欢坏消息，所以，我们就被坏消息包围，以为世界将要完蛋。

其实，人类现阶段比历史上任何时候都更加和平与富足。这不是说坏消息是假的，而是说，这类事情比原来更少了。

不要被坏消息吓坏，要知道它们多数是小概率事件。否则，你就会失去行动力，以为永远躲在套子中是最安全的，胆子一直小下去，打个雷就吓坏你，跟虫子一样。

另一个极端是，把世界想象得太好，把人性想得太好，变得太天真、太简单，像个五岁的孩子拿着十万现金走在大街上，容易惹祸上身。人真是危险的动物，你坏起来会吓坏你自己。

成长固然需要一点点运气，但准备工作做得好的人，运气比别人更好。

家庭教育是重要的一环，不要压制孩子的个性，让他们习惯为自己辩护，让他们敢于坚持自己。

我还有些建议，专门给男人。

你家有个男孩，你或许长出一口气，他有力量，不会被性侵，比女儿更放心。这直觉是错的，男孩也会被性侵，这点不多说，你看这世界，男性囚犯远多过女性囚犯，就知道男孩成长的风险大得多。你不担心他被侵害，但你要担心他侵害人，被强奸固然不幸，可成为强奸犯更是悲哀。教育男孩,可能要比教育女孩下更多功夫。

除了极少数天生的罪犯，很多人仅仅是因为一时冲动，拉不下面子，从而犯下大错，他们在品行上，与常人无异。这在男性青少年身上，又特别明显。喝完酒后，打个架，偷点东西，劲使邪了，把人打伤打死，或者小偷小摸变成了明火执仗，坐个十年牢，中年出狱，一生几乎交代了。我就认识这样的孩子。

失去理智是很可怕的，你饿了脾气就暴躁，更别说酗酒和嗑药了。尽量保持理智很重要，我不是劝你过苦行僧的生活，滴酒不沾，与世隔绝。我认为，孩子从小喝点酒，了解酒性，知道自己深浅，不是坏事。能控制，不失去理智，不必要的风险将降低很多。男人一生要喝很多酒，也是风险的大来源。

不要占人便宜。男人有了一点能力，或来了一点运气，难免有女下属、女徒弟、女粉丝，嘴上吃豆腐、毛手毛脚的不少。男人的终极占便宜，可能就是发生性行为。那么，碰到狠角色，愿意的说成不愿意，你就不要太委屈，多长几根舌头自我辩护吧。美国有一票姑娘，想办法跟体育明星上了床，然后开口要几百万和解，不给？麻烦很多，广告商不开心，职业生涯受影响，甚至还可能坐牢。占便宜是愚蠢又危险的坏习惯，占不到，你很失落，占到了，你很猥琐，而且将更加猥琐。

不占人便宜，你将足够尊重他人，也不会欺负弱小；保持理智，因为失去理智的人无法信任（包括你自己），你不易陷入软弱。做到这两点，就不太怕危险的世界，你能安全生长，你也让人觉得安全。

另外，男人女人，最有魅力的其实是观念；最能预防错事的，是正确的观念。而观念是通过思辨得来的，有些很流行的话语，你可以看出其中的荒谬，而人人认为的荒谬，你能发现某种合理之处。

我们一生，阅读、写作、与喜欢的人交谈，就是时时磨炼自己的思辨力，时时享受自己的思辨力。

* * * * *

我不认同男权，也不认为存在所谓的女权。人类社会，只有一种权利，即人的权利，不分男女。

男人的权利被剥夺，要争取人的权利。女人的权利被剥夺，要争取人的权利。这争取的逻辑是一致的，不分男女。

女人该如何争权利？无他，还是那句话：不许侵犯我的身体，不许侵犯我的财产。

不许侵犯我的身体，即我是身体的主人，可以用它求知、可以用它工作、可以用它取得快乐。我的教育、工作及享受，都无法被剥夺。

不许侵犯我的财产，则是我的领地我说了算，管闲事的人、爱当道德师爷的人、小偷、强盗，滚出我家，你们的价值观就是个屁。我的领地，我的财产，我爱怎么爽就怎么爽。

除此之外，男人没有更多的权利，女人也没有更多的权利。

懦弱的男人，很大一部分的共性是：回家欺负女人（和孩子）。在更弱者的身上找到成就感。步骤大概是这些，先宣扬男性至上的观念，女人就该伺候男人，三从四德，打不还手，骂不还口；然后佐以言语或肉体上的暴力；最后达到目的，侵犯了女人的身体，女人违背自己意愿顺从他，也侵犯女人的财产，为家庭工作没有报酬，出外工作，怎么花钱要男人说了算。

一些更懦弱的女人，顺从男性至上的观念。

另一些懦弱的女人，体现方式不同，她们或许在言语行动上很激进，但最终的诉求是：因为我们是女人，所以，你们欠我们的，就得额外补偿我们。

男人剥削女人，不是权利；女人剥削男人，也不是权利。用错误弥补不了错误。

该我的，一丝一毫不要抢走；不该我的，一丝一毫不要你的。这才是用正确修正错误。

上面说到的，正确的权利观，是安全的第一步。你不知道权利，则不知别人在侵犯你，你自然不知道自己身处险境。

权利，男女无区别。但是身体，男女有区别。多数女性在体力上，是不如男性的，这也是容易受害的物理原因。在能持枪的国度，从小学习使用枪支，熟练掌握，两米壮汉侵害你，你也能一枪撂倒他。在我们这儿不能持枪，力量的差距无法填平，要尤其小心：不是你百分百信任的男人，只要有一丝犹豫，不要跟他独处，不要和他拼酒，不要和他嗑药，不要把你天然的弱点呈现给他——这是知弱，知弱不会关闭自我保护意识。

权利观正常，又不高估男人的人性。这样的女人，应该恭喜你。这世界的未来，由你们主导。

工业革命之前，体力很重要，打仗干活，没有力量成不了事，男人自然处于优势，顺便也形成了“女人不如男人”的偏见。

工业革命之后，进化到现在的知识社会，体力不再重要，大家竞争的是意志力、判断力和学习能力，这里没有性别鸿沟。

女性的优势，开始慢慢体现出来。

她们的生活方式比男人健康。抽烟、酗酒、暴力冲突，这些多发生于男性，他们更容易出意外，平均寿命短于女性——对自由职业者来说，即使扣除生育哺乳期，女性的工作时间也可长于男性，这意味着创造更多的财富，积累更多的经验，得到更多的机会。

她们关心的话题比男人务实。大话语爱好者多是男人——英国脱欧好不好，两个观点对立的男人，可能打一架，一个被打死，一个判死缓。男人喜欢躲进理念，逃避现实压力。女人更关心具体事物，她们看世界更像逛街，这反而是提升生活品质的正道。

她们更愿意谈判。这天然适合商业文明，谈得来一起发财，谈不来不合作，不伤和气，不浪费能量。男人的攻击性容易放大分歧，情绪一来，为了对抗而对抗，只要我不丢面子，哪管他洪水滔天。

女性在这个世界上，危险度低于男性，前途又比男性光明。

不管男人愿不愿意，未来更多是女人的——要早早把这预言告诉你的孩子，是女儿，则不失去自信，是儿子，早早学会尊重女性。克隆技术，连精子都不需要了，男性的自大更要早点放下。

生活中的经济学

经济独立，人格自由，在物质上满足家人，让家人过得好一点，要实现这些，你需要懂点经济学。

钱的感性与理性

看过京剧名家“麒麟童”周信芳的孩子回忆他们父母的文章，印象深刻，尤其是他们的母亲，这位有远见的上海富家女裘丽琳，在20世纪60年代之前，嗅出空气中不正常的味道，极力把她六个孩子中的五个送出了国。

事实证明，她看似不负责任地把未成年孩子扔到国外的决定是对的，1968年，她被造反派毒打，又不许医治，不久就死了。

裘丽琳给这些孩子的，只有几条简单的常识，女儿周采茨就一直记得母亲的两句话：“买东西要买最便宜的和最好的。中档的就是垃圾货，你背着是负担。另外，人最穷的时候绝对不能和穷人在一起。大家都那么穷，谁会帮你？”

这些话就是现在说出来，可能也会被打，尤其是有关穷人那一句。

有些词语，许多人还不敢面对真实的定义，所以存在这样那样的行知背离。以“穷”为例：在生活中很难碰上主动追求贫穷的人，提工资让人开心，通货膨胀却让人的快乐和购买力一起缩水，经济不景气让所有人担心，而入手一件奢侈品的人总想着如何才能体面地告诉别人——这一切情绪和细节，总围绕着这个大主题：人不嫌钱多。

人人认为钱只能暗暗地想，公开谈不雅——就像色情影碟一样。这造成我们普遍缺乏金钱常识，几乎没有母亲会警告孩子：要尽力离开贫穷的状态和贫穷的环境。

钱在感性和理性中有双层表述，就是在美国，以好莱坞电影为代表的虚构作品负责感性，商人的形象与莎士比亚笔下的犹太商人并无两样，永远是被刻薄的对象，要像远离病毒一样避开他们，从而才能保全自己的灵魂；理性则表现在除了商学院大受欢迎，人们渴望得到商业知识，还有达人们不停地为大众撰写最简单易懂的经济学和投资小手册，告诉你摆脱贫穷之于人生的重大意义。

一个思维正常、又不想得罪大众的人，可能会这样描述“钱”：写文章时感性一下，假装钱不重要；文章结束后，忘记文章里的感性，想办法用自己的能力增加自己的金钱能量，少则可以改善自己的生活,多了（如果像巴菲特和索罗斯那么多）则可以改写世界。至少要开启你的触角：人人都似乎狂热地憎恶钱之时，那可能就不正常了，得赶快离开。

当然，我是认为连“伪善”的假面也不要有，那样会败坏自己和环境，无论是感性还是理性，你得始终一致地认定：金钱，是最有力量的工具，你得尽力拥有它，进可攻，退可守。

* * * * *

不少网友给我留言，感叹“金钱教育”在成长过程中的缺失。

我认为缺失都不算坏事，更糟的是错误的教育。你现在看到媒体上经济学家的发言，客气地说，百分之九十都是错的，只会把经济搞得更乱。其根源，就在于他们接受了一整套错误的理论。

几年前，大舅子的女儿来厦门读初中，近距离观察这小孩后，发现她有个特殊才能：非常善于克制消费的冲动，喜欢存钱。钱能买好吃的好玩的，孩子是存不住钱的，她却能把压岁钱、零花钱一点点积攒起来，当时她手头已经有四千多块，整齐地码在抽屉里。

时间和耐心，如托尔斯泰所说，是最强大的两位战士，它们也辅助巴菲特成就投资传奇。越早开始学会理财，时间及其带来的复利就越是惊人。

这小孩的天赋不加以培训，过几年消失，就太可惜了。于是我对她说：“怎么样？这些钱借给姑丈，我每年付你利息。”

她断然拒绝。这在情理之中，不太熟悉的姑丈，一见面就打钱的主意。

我想，我的表述可能有问题，毕竟利息太抽象，她理解不了。第二次，我这样尝试：“你这些钱，放在抽屉，明年会变多吗？”

她摇头。

“你借给姑丈，姑丈会让它变多，相当于这一年，你每天睁开眼睛，天上就掉下一块钱。”

这下她听懂了，眼睛一亮，马上答应。

为了让她放心，也以示庄重，我还拟定了合同，双方签字、按指印。

合同全文如下：

甲方：××，身份证号码：

乙方：连岳，身份证号码：

甲方为了更好地管理财产、实现增值目的，乙方鉴于甲方的理财热情及对己的信任，同意于百忙之中代甲方投资理财。双方经友好协商，达成以下条款，以共同遵守：

1.甲方将积攒的人民币肆仟壹佰圆整（¥4100.00元）全权委托乙方代为理财。

2.理财期限壹年（自××××年×月××日始至××××年×月××日止）。

3.理财方式为固定利率回报，即乙方固定按年利率7%支付甲方利息。按甲方的理财金额计算，甲方到期后将可领取贰佰捌拾柒圆整（¥287.00元）的利息。相当于甲方每天一睁眼即有八毛钱的进账。

4.甲方不得提前支取理财本金，若甲方确有实际困难需提前支取款项，则乙方只需按照人民银行的活期利率支付利息。

5.如甲方需要继续委托乙方理财，应在期满前十日向乙方提出，乙方同意且双方商定好新的理财方式后再续签合同。

6.甲方虽为未成年人，但本合同的内容其已充分理解，是其真实的意思表示，也得到了其父亲的支持，故甲方以后不得以其未成年为由主张本合同无效。

7.本合同一式两份，甲乙双方各执一份，具有同等的法律效力。

甲方：××

乙方：连岳

几年来，这份合同每年都签一次，她的收益及每年的新积蓄不停投入，现在是一笔不小的数字了。我还记得她的资产达到五万时,她那“真不敢相信”的开心表情。节俭与复利创造财富的力量，她算是有体会了。记住这点，一生不可能穷。

今年签合同，我不够及时，迟了几天，还是她催的。

年轻人爱钱不可怕

因为太爱钱，所以中国社会出现了种种问题。在不思考的人当中，这几乎是口头禅，时不时冒一句，显得有批判性。

我就曾经看到新闻里有一演员称：年轻人爱钱很可怕。

原话是这样的：“钱对年轻人是很可怕的事情，理想、抱负就该在年轻的时候追求，很多人有了家庭就把理想给磨灭了。最可怕的就是年轻时就没有理想，只知道追求金钱，这东西是不会长远的。”

在我看来，中国的问题是出在不够爱钱。

年轻人不爱钱是很可怕的事。

爱钱和爱家庭、爱理想、爱艺术，完全不矛盾。有钱了，后者全得益。比如，你没钱爱艺术，只能去博物馆逛逛；有钱爱艺术，可以买下毕加索的原作挂在床头。

一定要爱钱，一定要尊重钱，钱最公平。能让这条常识扎根我的读者，尤其是年轻读者，我就满足了。理解了这点，也就理解了市场；理解了市场，就理解了人类社会。

对钱爱得不够深、不够真，你就不知它的力量。总是相信有别的因素可以压制钱、压制市场。

你尝试过把皮球压到水面下吗？下次在泳池试试，很难，即使暂时做到了，你也很快精疲力竭，不得不向浮力认输。规律是不可战胜的。

爱钱相当于爱市场规律，你才不会用错力量。

钻石人人喜欢，你想要，到珠宝店刷卡即可，你不会让当副市长的二舅去打招呼保证你买得到。充分竞争的商品，对一切有支付能力的人敞开。

但是钻石限购限价，十块钱一粒十克拉钻石，每年只供应五粒，这时候，你的副市长二舅就得打招呼了：我不要你折扣，只要保证我外甥买得到即可。

此时，一粒钻石的价钱就不是十块钱，而是十块钱 + 副市长的招呼。你想买到钻石，出价应该是十块钱 + 比副市长更牛 × 的招呼。这些招呼，在将来，是能逐渐兑现的。

你只有十块钱，见到钻石限购限价令，满心欢喜，以为自己终于买得起钻石，其实，市场对你彻底关闭了。十块钱人人都有，大家改用关系竞价吧。你再努力赚再多钱，只要没关系，都没戏。

你爱钱，你一定爱充分竞争，市场说了算，价高者得。你没有“关系”，你是文盲，你长得不漂亮，你出身底层——没事，只要你有钱，你到处都受尊重，你能买到你想买的商品，包括钻石，包括房子。

并不是我们努力了，就一定有钱，毕竟有命，我们得服从概率。但你得知道，钱虽然让穷人买不起很多东西，但它是最公平的。只有知道这点，才会加速致富。

* * * * *

有人说，要追求智慧，不要追求物质。你也听过无数遍。这话会以不同的变种反复流行，就像感冒病毒。

我如何评价这句话？先讲个故事吧。

假如你是三太子，国王最爱你，他死那天，你和两个哥哥听遗言：

大哥得到了一半的国土，有金矿、奶牛、骏马，有黑熊出没的森林，也有一望无际的草原；

二哥得到了另一半国土，有石油、漫长的海岸线、深水良港以及勇敢的商队。

你的父王对你说，我最爱你，这些物质配不上你，它们太低端，我只留给你一句话：要追求智慧，不要追求物质。

你是三太子，你会不会觉得最受宠爱，得到了最多？

你的答案不幸为是，那么，再来听一个现代故事。

如果你是母亲，有三个小伙子爱你女儿，他们如此求爱——

第一位说：我爱你女儿，我是要继承家族企业的独子，它每年盈利二十亿，我会努力成为优秀的企业家，让你女儿生活得更好；

第二位说：我爱你女儿，我在北上广深核心区有十套大平层，豪车二十辆，我现在年收入两千万，我不会让你女儿吃苦；

第三位说：上面两位太俗气，我一无所有，但我一脑子智慧，我认为人要追求智慧，不要追求物质，把你女儿嫁给我，我们一起追求智慧。

你倾向于把女儿嫁给谁？猪也不会把女儿嫁给第三个人吧？

可是，当人们不要付出成本时，他们却愿意鼓励他人“选智慧，不要选物质”，何等的精神分裂。

说要追求智慧、不要追求物质的人，往往是没有能力追求物质，是美化逃避。这是最典型的穷人思维，也最能取悦穷人，相当于精神鸦片，一听马上放松。

智慧有得到的幻觉，大哲们的终生所得，不过几条结论，一本小书，一天就可以翻完，你第二天就可以复述，仿佛大哲转世。在网络时代，你在数字世界游游逛逛，一天看到许多知识点，世上没什么事你不了解。智慧感简直爆棚。再没有比这个更爽的逆袭了。

你可以装作拥有智慧，而物质，装不了——有就有，没有就是没有，你没钱逛一天街，身上也不会多一件名牌。

物质比智慧高端多了，物质比智慧更难得到。没有智慧，你得不到物质。所以，现在比三十年前，更要讲物质。

三十年前，大家都是穷人，均穷，讲物质分不出高下。今天，物质上拉开了差距。在同等条件下，同一个村庄，同一个县城，同在上海，有人富，有人穷。

富裕，就是三十年里判断力、行动力、适应力、持续力的汇总。富裕，是智慧的结果。贫穷，就是三十年里依赖、犹豫、短视、懒惰的汇总。贫穷，是无智慧的后果。

你没有物质，就老老实实自己一个人玩，像修士，独自找智慧，不要沾爱情的边，不要害人。

理直气壮地追求物质，能追到物质，就证明你不缺智慧。

* * * * *

二十七岁那年，我有个朋友说：你要学点理财。他的年龄与我差不多，可早在资本市场滚打多年，收获颇丰。我口头上随便应付一下，不当回事。

过了一段时间，他提着一大袋书送我，市面上有关巴菲特、格雷厄姆的书，好像还有些财务入门的。他偶尔还打电话和我讨论。

现在回想起来，那是我人生中值得感谢的一个人，也是应该记住的时刻。否则，现在的财务状况不会太好，而且也可能不敢在后来选择成为自由职业者，把“自食其力”当成信条遵守。

理念如种子，需要时间去遵守和执行，才能得到其中妙处，成为人格的一部分。

为了方便，还是把我得到的理财常识罗列说明吧：

纸币永远都在贬值。20世纪的文明大倒退之一是黄金被驱逐，各国政府掌握了最伟大的武器——印钞机。想象一下，给你一部印钞机，你肯定不愿工作，无惧债务，开动机器猛印就行了。这种“用纸抢财物”的阴谋，多半打着“刺激经济”“量化宽松”“保持活力”“解决就业”等美妙的借口。说得多了，人们也相信，以为纸币很神圣。不是的，它每一天都是流失价值。所以，需要理财，跑赢通货膨胀。

第一条理解或相信的人不多，歌颂印钞机是凯恩斯以来的显学。通货膨胀，劫贫济富，对掌握了大量资产、最先接触到货币的人来说，相当于送钱。巴菲特基本支持美国的货币放水政策，但我觉得他是装傻，放水有利于他，而且这政策引发市场更剧烈的波动，投资者的恐惧导致他们恐慌地抛售优秀公司，为巴菲特的买入提供机会。

你要真心喜欢钱。内心不喜欢钱的，并不多，但嘴上说的不少，尤其是中国的传统长期妖魔化商人与利益，为贫穷赋予了不存在的美德，中国人更不敢逐利。少数人嘴上说说，内心并不认同，这种“虚伪”拯救了他们，不妨碍发财。但多数人从小受这种教育，脑子就坏掉了，对赚钱根本没兴趣，以为这才很高雅，难免一直受穷了。

钱的别名是自由。为自己和家人多赚钱，是最正经的事；让自己和家人受损，为别人的利益奉献，是最愚蠢的事。

养成储蓄的好习惯。这就像种田得有种子。年轻人刚开始收入低，每个月存一点钱，没有成就感，也容易被人嘲笑：存半年也买不了一部 iPhone X，穷人认命吧。你不妨倒回来想，如果举债买 iPhone X，那你就得花半年时间还债。量入为出，培养了重要的耐心，为自己赢得了时间，有助于你眼光长远地判断。

多想十年后的事。巴菲特的投资，核心技术是找到能长期战胜通货膨胀的企业。有些优秀企业，股价看起来很高，巴菲特借助企业的利润、增长率、国债收效率等简单的指标，估算出企业十年后的价值，显示出明确的低估，他就大举买入。对于多数持股时间不超过三个月的人来说，这一关过不了。所以，可能无法享受与企业一起成长的乐趣。

不要动用杠杆。短期市场的波动，除了骗子，无人知道，以为在明显的低位买入的股票，继续跌百分之三五十，经常的事。眼光长远，你又不急着用钱，一点也不影响你。可动用杠杆，资产就得清零。杠杆的诱惑很大，尤其是尝到甜头之后，理财宪法的第一条是：不要失去本金。所以，永远不要用杠杆。

找份工作。工作能源源不断带来现金流，这才是多数人的本业，把工作技能搞上去，心态更放松，也一直有钱投入。

熊市更可爱。最近牛市，人人喜气洋洋，我不喜欢，我喜欢前几年股市死气沉沉的样子，那时候，不少世界一流的企业，市值比他们的现金储备高不了多少，真像是白送。而牛市到来时，你得花更多的钱持有股份，账面上的盈利，让你付出更大的成本。真想长期持有好企业，心态就像去商场买东西，商品折扣打得越低，你越开心；商品涨价，你很生气。可在股市，贪婪与恐惧让人们的行为刚好相反：打折时不买，越是涨价越开心。

写到了第十条，别的以后再找机会写吧。你可能看了会失望，没有传言，没有内幕，没有买入卖出的明确指示，说的主题你在我的其他文章中见过，不外乎：理性、耐心、务实、勤奋、独立。是的，这就是我的理财观，它与人生观是一致的。

把你最擅长的本事卖个好价钱

劳动最光荣，劳动创造价值。这些话，你听得耳朵长茧，想必也从心眼里认为它们是正确的。

可是，劳动得最多的人未必最有钱，有些看起来天天闲逛的人反而很有钱。年薪过亿的 CEO，劳动强度可能不如清洁工和搬运工。为什么？

劳动确实可以创造价值。最早时，一个人打猎或耕田，养活自己之后，还有剩余，这剩余就是劳动创造的。

但是，一个强盗来了，抢走了你的剩余，甚至杀了你，抢劫和杀人，都是劳动，强度还不小，这却是在毁灭价值。

所以，劳动未必光荣，劳动也未必创造价值。劳动分成有价值的和无价值的，前者光荣，后者未必。

你即使不当强盗，也可能在做不创造价值的劳动，此时，你若仍然认为自己光荣，那这劳动就会毁了你。比如一个有强迫症的母亲，每天清洗五次地板，唠叨孩子一百多遍，每晚上床前她都累瘫了，劳动强度很大，但是没有价值，只收获病态和孩子的厌恶。而一个钟点工为五个家庭提供清洗服务，提醒他们的孩子注意事项，却能挣得五份工钱，她的劳动就有价值。

区别在于你的劳动可以拿出来交换，市场定了价。劳动值多少钱，市场说了算。不是劳动创造价值，是交换创造价值，不是劳动最光荣，是交换最光荣。

人类在进化过程中，在学会了交换以后，才走上繁荣之路。交易逐渐取代交战。劳动其实不稀罕，所有动物都劳动，工蚁比人勤快多了。它们为什么没有创造价值？它们没有交换，没有市场。

正因为市场的存在，有价值的劳动被奖赏，无价值的劳动被淘汰，分工越来越细，多数劳动者在价格的指引下，不断精进，挣更多钱，提供更专业的服务。越是富裕的社会，每个劳动者可出售的劳动种类越少，最后聚焦于一点，但是却能凭这最少挣到最多。

这也引出一条市场经济常识：越是自给自足的社会，越穷。越是彼此依赖、交换越多的社会，越阔。后者的专业人士极多，同样的钱可以买到更优质的产品。任何限制市场的行为，都是在减少交换，都是增加贫穷。

经常看一些人秀自己多才多艺，什么都会，你不要犯这种错误，这不过是向大家证明，你没有一项专业值钱。

我只擅长一点点劳动，但是能卖个好价钱。要当这样的劳动者。没人买你的劳动，有再多恭维，你再不甘愿，它都是无价值的，是谋杀，要放弃。

* * * * *

投资自己才是好投资，投资自己是最好的投资，这类话经常听说。有读者提及此类话题，我的答复是：这是时髦的假问题。

人善于伪装，人不爱反省，没有一个坏人认为自己是坏人，你看他们的自我评价，估计也与好人无异。这点告诉我们，我们内心深处的许多怯弱、逃避、不负责任，我们都可能找到美好的借口，久而久之，听多了，你产生错觉，以为这些借口是“理性的选择”。

所谓的投资自己，也被很多人当成了逃避生活压力的借口。

投资自己对不对？对。

投资自己是不是最好的投资？是。

问题是，人的一生就是投资自己的过程，你做的每一件提升自己能力、改善自己处境的事，都是投资自己。投资自己很重要等于说呼吸很重要，很正确，但基本没有意义。

投资自己被人限定在“读书、健身、学习各种技艺、旅行”，这些事很美好、很重要，但被单列，似乎其他事情更低等（尤其是买房子，简直被妖魔化为谋杀人生），是投资自己的对立面，那么，生活就将变得很糟糕，和谐成了冲突。

你老婆想买一支口红，也想买一本书，在犹豫中。是不是放弃口红买书呢？你这丈夫做何建议？买书是投资自己，读了或可能长知识、得观念，显然是应该的，口红嘛，是不是就算了？因为投资自己是首位的。

正确答案是，口红也买，书也买。这两件事都是投资自己。一个女人，把自己打扮得漂亮一点，取悦自己，心情好，自信足，难道不是投资自己？化妆的地位一点也不比读书低。

我想要A，同时又想要非A，这在逻辑上不成立。我想要A，同时又想要B，它们却不违背逻辑，想想办法，是可以同时得到的。当然，你观念里已把A与B对立起来，一开始就放弃，那自然找不到办法。

很多中年人，家人的基本需求都不愿意满足，吃顿好的、衣服买高档一点的、买套房子，他们都觉得是堕落，太追求享受。投资自己才是最好的投资，让我们继续多读书、拿文凭、追求精神升华吧。这种话一抛出来，别人就庸俗了、物质了，不敢多说。

可是，你为什么不能住在像样一点的房子里，满足老婆孩子物质需求的同时，读读书，升华自己？有冲突吗？如果无法让家人生活得好一点，那就老实承认自己能力不足，这样才能进步，用投资自己作幌子，压抑家人的需求，进步的可能性就没了。

投资的定义是什么？是产出大于投入。看不到产出，产出小于投入，这是投资失败，是判断力出问题，应该检讨、停止。投资自己，也不能违背这个规律，不能越失败越投。

有一个人爱我，和我成家，就是用她一生投资我，当她有要求时，不能老跟她说，你等一等，我还在投资自己，收益在未来。这比庞氏骗局还可恶，人家谋财，你害命。

在物质上满足家人，免于匮乏后再起步，是最可贵的，这证明你原来投资自己成功，你有了产出能力。物质比精神更难得到，得到一个观点、一个时髦的说法，聊聊天、听个演讲、看看内容摘要，都可以得到；你得到了，别人也不会失去。而物质是排他的，你得到了，他人就得不到，充满激烈的竞争，这过程就是最好的投资自己。有些人不敢进入这竞争，其实就是逃避真正的投资自己。

让家人生活得好，别人有的，你也有，你有更好的。朝着这目标前进，这才是投资自己。要牺牲这点的，说得再好听，都不是投资自己，本质都是不负责任。

“炫富”使人进步

你今天有没有骗？有没有偷？有没有抢？

都没有。那好，请放松享受生活，即使你命好，或者你很阔。你不欠人。

有位朋友留言问道：

“说不要劫富济贫，但是我觉得自己很病态地乱同情社会底层，每次看到他们就觉得心情很难过，每次自己有点奢侈消费就会觉得很愧疚。觉得自己随便花销可是那些保安、保洁阿姨可能要赚很久，去吃自助餐看到服务生也会觉得很可怜，觉得他们要工作好几天才能支付这些,弄得自己心情很不好。我平时也很爱帮他们，各种方式。自己从小成长环境还行，这样是不是病态？是不是要硬下心过好自己的生活？现在这样有点影响到我的生活了。”

这是病态。

一是别人不需要你无来由的同情。马化腾突然来同情我：你好可怜呀，写一年文章，不如我一小时挣得多。我肯定不会感谢他，只会觉得他发神经。同理，保安、服务生、保洁员，也不需要你乱难过。这是一种另类的居高临下，和拿脸色给这些人看，效果差不多。

这位提问的朋友，我觉得是善良的。她为别人达不到自己的生活水准感到悲伤。这种悲伤的极端后果是，她厌恶自己的财富，为了不看见服务业者，甚至不消费了。这样的人多了，很多人就得失业。

社会是分阶层的。永远无法更改这点。

人一生都在阶层之梯攀爬，希望站在塔尖，赢得别人的羡慕、尊重和爱。也就是说，我要过得比别人好，这是极正当的动力，失去了它，就像列车没有火车头。

电子表很准，老大们为何要戴劳力士？塑料袋便宜又好用，姑娘们为何挎着古驰香奈儿？这就是区别阶层，展现实力，迅速让陌生人定位，可为你提供更好的服务，更尊重你。

炫富令人讨厌，因为它让人感觉相对贫穷，心情沮丧。但炫富又是必然，它是财富的意义之一，再低调的富朋友，你最后总会知道他富的。

广告大师奥格威爱炫富，开着自己的劳斯莱斯，在纽约招摇过市。他的理由是，你连自己都无法推销，又怎么能替客户推销？

怎么证明自己是成功的广告人？最好的办法就是开着最好的车。你看，我挣了这么多钱。他若觉得自己会让沿街的“社会底层”难过，可能就不会这么做了。观念决定行动，在他看来，这也许更像励志巡游：不要担心自己现在穷，将来你也有劳斯莱斯。

换个思维，接触你的服务生、保安、保洁员，觉得你又有钱，又有修养，奢侈品特别称你气质，又何尝不是正面的励志呢？奥格威也曾在厨房打过工。

或许你天生低调，不爱炫耀，这没错。但是得理解有意无意的炫富，一点错也没有。多数炫富是无意的，因为有些人的日常，就是其他人的奢侈，他无法伪装。

当然了，觉得自己富裕了对不起“社会底层”，也得益于所谓的“剥削”理论：一个人富的原因，是因为他剥削了穷人。错误地接受这理论，富裕就是罪恶，你富了反而不舒服。

自愿交易不存在剥削，每一次自愿交易都改善双方处境。一个人越是富裕，说明他做的成功交易越多，他为别人创造的财富也越多。富裕是美德的累积，不必羞愧。

好好享受你的富裕生活。这样才会让更多人富裕起来。

当一只刺猬

商业题材的书，我最爱看，原因是：优秀的商人、优秀的公司，从来都是稀缺品种，他们身上体现出的独创性，往往超越了经验，从此以后，无论产品也罢、观念也罢，才由普遍大众接受，从而改变人类。这世界应该感谢天才。

商业很残酷，看看你小区周边的小店，你会发现，五年之内没关门的，概率不高。每一次失败，时间不说，还有数十万上百万的试错成本，而消费者不必为此买单。商业离不开冒险，资本家都是冒险家，输的后果他们自己承担，赢的好处却大家共享。这世界应该感谢大大小小的资本家。

伟大的商人，成功的资本家，他们愿意叙述自己所得之经验，那货真价实。你可能不是狭义上的商人，你一定是广义上的资本家，你无法避免投资自己，珍贵的商场经验，就是珍贵的人生经验。

去年我的阅读感受，最好的此类书籍是《从 0 到 1》，它的主题就是上面所说的第一点。

今年我最喜欢的是吉姆·柯林斯所著的《从优秀到卓越》，这书并不新，只是我看得迟。

这书有个观察特别有价值：那些终于进化到伟大层级的公司，它始终坚持简单的理念：做我们最擅长的、能赚钱的且热情所在的事情；即使这事看起来过时、乏味，甚至有害（比如制造烟草）。

在人的层面上，也是一样。现在倒回去看，年少时那些让人信任的、聪明的、勤奋的朋友，也往往是中年过得特别好的人。甚至都不需要太聪明。

在某个时间片断，这些实在人可能不够时尚，也不会抄近路。投机取巧、弄虚作假者好像还跑在了前面。

可过二十年三十年，你一看，世界还是他们的。那些只会跟着热点跑的时尚青年，那些骗了几单的狡诈者，那些失去他人信任的人格破产者，所得并不多，或者是负数。

这种现象柯林斯描述为“刺猬观”，刺猬会的不多，也不强壮，一遇危险，将刺团起即可。不花哨，却有效。

我的文章，有个永恒主题：经济独立，人格自由。我认为这是最有价值的人生刺猬观，不会改变。如果一个人今天讲独立好，明天讲寄生好，文章的主题是多了一倍，但作者精神分裂了，是只疯刺猬。

经济独立，你就要爱钱，想办法不停提升技能，赚更多的钱。当然，没钱也可以独立，比如当街友，捡垃圾箱里的东西吃，不过生活质量毕竟低了点。

人格自由，你就当自己的主人，一个人的决定，必然有不少是错的，后果痛苦，此时，不要怨天怨地，多怪自己。如此而已。

世界变幻万千，刺猬每天都面临挑战。但保持自己简单的坚持不变，你会发现世界也变得简单了，再多的猛兽都不怕。

要不要买房？

买房，恐怕是人一生中最重要的一次投资，少则数十万，多则上千万。就是这样的事，不少人在做决定时，还是随大流，在内心深处，他并没有自己真实的想法。

在我看来，买房之前，必须知道第一个问题：货币是什么？

货币是人类最伟大的发明，它使间接交换成为可能，每人都把产品或服务换成钱，再去购买他人的产品与服务，这保证人类的分工越来越精细，效率越来越高，越来越富有。靠直接交换，你是一个做面包的，想要一件衣服，就得找到另一个人，他是做衣服的，恰好需要面包。在交换达成之前，你们可能早就饿死、冻死了。

你现在从钱包里拿出一张钱，即印着数字的纸，它能保证间接交换，有伟大的部分，同时，它又有邪恶的部分，分分钟把你的财富抢走。

邪恶这部分，是从流放黄金之后出现的。

黄金，在竞争中胜出，成为人类最爱的货币，它的优点除了稀少、不易损耗、可分割，更是无法无中生有。也就是说，很难出现通货膨胀。发现金矿或者强盗的财宝，黄金或许会暂时增加，造成物价上涨，但勘探与探险，都要付出成本，也不可能经常成功，所以，通货膨胀不太可能稀释你的财富。你赚的黄金，确实可以埋在家里某个隐秘的地方。

1944 年 7 月，西方主要国家确立了“布雷顿森林体系”，每 1 美元的含金量为 0.888671 克黄金，使用美元相当于原来使用黄金。不过，美国非常无耻地在 1973 年废除了该体系，欠下的黄金债，一赖了之。货币挣脱了黄金的约束，各国政府的印钞机成了无中生有的魔鬼，把白纸变成钱，换取你真实的财富。通货膨胀成为我们每天的噩梦。

想象一下，你合法拥有一部印钞机，你会想着认真工作吗？你怕欠人钱吗？你什么也不怕，猛印就是了。政府有了印钞机，也一样，欠下一亿？悄悄多印十倍的钞票，实际上只欠你一千万了。

恢复金本位，这是有识之士的呼声。不过估计此生见不到。我们与印钞机比赛的悲惨命运，很难逃脱。所以，我们得解决第二个问题：如何战胜通货膨胀？

过去的十来年，中国的房价增长与中国的货币增长是正相关的。

买房，使人战胜了通货膨胀。为什么？

通货膨胀是有利于债务人的。以一百万的房产为例，首付百分之二十，八十万是债务，通货膨胀十倍，相当于你只欠八万。这十来年，是鼓励冒险与赌博的，你欠的钱越多，你越敢用杠杆买房产，你赚得越多，因为你站在了印钞机这边。

不少理智的人，反而输了，觉得买了房，收入都交按揭，生活未免太惨，不如等房价下跌点再说，结果房价一路疯涨，自己变成了笑话。他们，低估了印钞机的非理性。

印钞机是否可以无限延缓经济危机？显然不是，我们看到日本地产崩溃，也看到了美国次贷危机，吹大的泡泡，总有一天会破，但何时破？没人知道。破了，伤害也是极为恐怖的，因为那是人为累积的灾难。

房产，从在中国的任何地方都看涨，到“京沪深永远涨”，有些地方的房子已经没人买了，但一线城市还在刺激你的神经，这些中国的黄金地带，会涨到什么时候？至少我不知道，也许涨到明年，也许再涨一百年。

接下来，就要回答这个问题了：要不要买房子？

房子买了以后一直涨，你自然不会问这个问题。所以，这个疑惑可以逆向解决。

房产是杠杆，首付百分之二十，五倍杠杆。涨，收益放大五倍；跌，损失放大五倍。

在买房之前，我建议你问自己这个问题：如果房价下跌百分之三十，我能坦然接受吗？我能保障自己的经济安全吗？

答案为能，你又特别想要房子，你就可以买房子。

如果你榨尽三代积蓄，还要借遍亲友，才能凑个首付，我建议还是算了。

房子，不是每个人都能有的。

房价再低，也有人买不起；房价再高，也有人搬新家。要不要买房子，并不是个人经济的核心问题，核心问题是：如何不断提高自己的收入？

投资自己始终是最大的投资，你的收入，薪酬也罢，投资收益也罢，始终领先印钞速度，你一直处于金字塔的上层，那么，你没必要担心房价，你什么时候想买，就能什么时候买。

如果你的能力很差，属于过了这点就再也买不起的，那么，错过了也别太遗憾，以后的物业税遗产税，照样能让你返贫——相信我，这些税收迟早会出。

不停学习、不停努力，当一个强大的人，有本事、有自由，房价，怎能吓得倒你？

* * * * *

关于税收，只有你想不到的，没有不会收的。房产税、遗产税，我们有生之年应该都能看到。

税依赖强制，若交税自愿，半年后一分钱税也收不到。税收到自己身上，必然不开心。可它收到别人身上，有些人却很开心。比如一线及热点城市房价暴涨，多数还没买房的人，对房产税及出台的各种调控措施，就开心，认为这样房价将得到抑制，甚至会下跌。稍有一点经济学常识，你就不会有这想法。

那些人口净流入的、经济发达的一二线城市，为何无论怎么涨，人们都在买房子？这里的人，为何不卖掉自己的房子，去供过于求、冷清的小城市买十套房子？

因为这些一二线城市，房子不再是房子，它的功能超越了居住，成了硬通货。对比人类历史上长期使用的黄金，有相似之处：稀缺，一个城市的土地资源有上限，人口流入又不停增加需求；属性稳定，房子不会变质腐败，放几十年，照样可以使用。唯一不如黄金的是，房子无法分割流通，但它有租金收入，这点又胜过黄金。

在金本位年代，有钱的人囤积黄金，一点不难理解。而你现在囤积纸币，财富可能还会缩水，因为各国政府的印钞机日夜运转，源源不断地增加纸币的总量，你的钱时刻在变水。

聪明的政府，都采取温水煮青蛙的方式，保持一定的节奏增加货币。一只羊，你可以薅它一辈子毛，但只能剥一次皮。这就是放水的原则。一夜之间，增加一万倍的货币，绝大多数人的存款变成废纸，羊要造反，社会崩溃。但一年增加百分之十，过几年，羊的月薪从两千增加到三千，在数字增加的幻觉中开心，对物价翻了一倍全然无感，其实他的财富在减少。

知道常识，上述的放水策略，对你来说，就是明牌，你也能理解有钱人即使不住也要囤积房子，这和金本位时代囤积黄金是一个道理。

房产税及各类限购措施，看起来在帮助穷人，实际上却让富人得了好处。这等于向市场宣布，现在求大于供，交易的主动权在卖方，增加的税收，可以加在房价上，转移给购房者。这进一步强化了房价上涨的预期，结果是房价涨得更快。

限购措施，拦得住相对贫穷的人，可拦不住富人。比如你集一家三代的财力，凑了一百万的首付，此时，一个限购政策出台，首付必须一百五十万,五十万拦住了你，不缺这五十万的人却照样买。过几年，你全家拼命干活，省吃俭用，凑足一百五十万，房价翻了一番，你的首付还是不够。

就算政府牺牲房地产，出终极大招，一家只许拥有一套住房，对穷人有没好处？答案还是：没有。金钱最聪明，此处买不了，富人香港买、伦敦买、东京纽约悉尼买，钱照样不被稀释。而房地产业死了，没人能赚到钱，也就没有房子供应，即使规定一平方米只能卖五十块钱，穷人也没房可买。

为什么要学点经济学常识？为什么你要理解货币的本质？这是因为，财富是选择的后果，财富是观念的实现。富人有贫穷观念，守不住财富；穷人固守无知的贫穷观念，则永无翻身之日了。

从古至今，最强大的贫穷观念是这条：对富人征税，穷人就能变富。没收富人财产，是这观念的极端版本。

创造财富的市场经济，不存在这种贫穷观念。市场经济的自愿交易，一定是通过双赢才能实现，你的交易对手有利可图（富人也会更富），你才有利可图。

对手打明牌，你还上当，那只能怪自己笨了。

* * * * *

某地房价五年不涨，市民称幸福感超过北京。

这是某日各大财经媒体转的一条新闻。我想，财经媒体的小编再没有常识，也不会相信这条新闻。只不过，这新闻能讨好一大票读者，有流量。

我特意隐去地名，就想请你想一下，如果你待在这个地方，你会不会觉得幸福？

大家都被房价吓得半死，第一感，很多人肯定开心，房价不涨，我就有时间慢慢攒钱，不怕上不了车。

但是，要强调一下，经济学常识往往是违背直觉的，你的第一感往往是错的。未经训练的人，跟着第一感走，就要做错事。

财富也是观念的产物，同等条件下，两个人的财富云泥之别，源头就在观念不同。

在这种新闻后面欢呼的人，就具有贫穷的观念。

他忘了站在有产者的角度看问题，五年前，在这城市买了房子的人，欲哭无泪，因为他的资产大幅缩水了，为什么呢？放水的货币，五年增加了一倍，实际购买力下降了一半，房产不涨，财富被印钞机拿走了百分之五十。而五年前在北京等地购房的人，由于房价上涨，跑赢了通胀。

脑子清楚一点的人，怎么会觉得前者更幸福？

房子本身是不值钱的，水泥钢筋，可以无限供给，值不了几个钱。房子是因为地点值钱，好地点是稀缺的，你买了，别人就没了。

热点城市，就是稀缺的好地点，房价所以涨得快，再加上法定货币的持续贬值，房价上涨的速度就更快。

房价持续上涨的地方，才是好地方。这是违背人们直觉的。房价五年不涨的地方，不是你应该去的地方。这也是违背人们直觉的。

这是任何一个人都可以有自己房子的年代，不仅有房价不涨的地方，甚至还有许多被人放弃的房子，在偏远地区的鬼城，流浪汉可以住在别墅里。你会觉得这种地方幸福吗？地点不好的地方，甚至流浪汉也不会去，因为连拾荒和乞讨的机会都没有。

这个道理很简单，很好理解，我希望我的读者都能够明白，财富持续增长。但我也知道，有些人是终生拒绝接近这道理的，他们愿意相信，可以轻轻松松过上美好的生活，只要有人画饼，他们就开心，谁告诉他们好房子、好生活需要承受压力，需要努力工作过几年苦日子，他们就生气，闹着要去“诗和远方”。

其实，炒红“诗和远方”的高晓松，人家天天辛苦录节目。工作都没有、从来没赚过钱的人，倒是信了，以为有免费的午餐。

年轻人最好的起步，就是老实挑个房价高的城市，尽早开始供一套房子。你的责任感、你的耐力、你的成长，都可在几十年的供房过程中得以锻炼，你的财富也能不停增值。

你的财富增加了，你更能够“诗和远方”，可以坐头等舱，可以住五星酒店，远方更有诗意。

有产者的思维是不同的，他们会远离房价五年不涨的地方，因为那里没有机会保护自己的幸福。

未来风口在哪里?

其实，没人知道未来风口在哪里。

马化腾十多年前，还想卖掉腾讯呢，只不过是没人愿意买而已，他的成功是被逼的。

我就更不知道了。我有这天眼，十多年前，就会砸锅卖铁买腾讯股票，现在哪里需要干活呢?

因为我当时就是写文章的，自身的局限性只让我判断出，未来还是需要有人提供内容，所以专注于写。猜中的只是苦力活，一篇篇砸，也没什么可骄傲的，当然，我对现在的生活也没什么可抱怨的。

未来比现在更高级，准确预测几乎是不可能的。只会有大致的方向，未来将遵循这些规律，但是具体发展成什么样，真没人知道。

当然，我现在比起十多年前，知道得更多一些。有一些认知，还是付出了不低的代价才得到，这些规律是：

寿命更长，工作时间倍增。按工作到八十岁来计划人生，相比现在很多人五十岁就退休，那是完全不同的人生。你会更有耐心，更有远见。

摩尔定律继续起作用。芯片性能每十八个月提高一倍。网络的功能越来越强大，世上所有物体与人连成网络，人们似乎制造出了无限的信息宇宙。有些技术更新也以“类摩尔定律”的方式增长，比如交通工具的速度无限逼近极限。

城市化不可逆转。决定你的工作地点，按现在房价排名选择就对了。这排名，是无数人用真金白银投票选出的，不要忽略这么明确的指示，机会更多在这里，你不去这些地方，也不要阻挠孩子去。

法定货币永远贬值。无论是美元还是人民币，政府存在一天，它们就贬值一天，政府最厉害的武器不是核弹头，而是印钞机。跑赢通胀的投资技能，是必须掌握的，也是贫富的分界线。

市场力量持续加大。分工合作，自愿交易，是最合人性、最有效率的造富方法，像植物趋光一样，人们本能趋近市场。

乐观主义将占上风。技术进步普遍提升人的生活水准，自由的人、强大的人、创新的人，得到的份额更多，这又将鼓励更多人成为自由、强大与创新的人。

未来在很久以后，我们得像发现新大陆的冒险家一样，一海里一海里前进，一天天过，有两件事倒是很明确的：

一、保持健康，拥有更多时间资本。

二、天天做事。

创业宝典

我也是一个创业者，我有一家公司，你除了叫我连叔，还可以叫我连董。

我这个公司，除了我，最多只有两个兼职雇员。活干得完，有钱赚，业务量逐步增加，这就足够了。所以，不需要助理，不需要更多的雇员，不需要气派的办公室，不需要风投，更不会追求上市，甚至别人知不知道都无所谓。

创业的本质，就是做一件让你赚钱的事。除此以外，都是多余。

现在很多人理解的创业，在我看来，有几个明显的误区：

一是目标太大，大得无法衡量。比如“创业就是改造世界”，这话听起来气势很足，你理想很多、理智又太少时，容易被它打动，恕我直言，它毫无意义。“改造世界”的事，几乎是无法规划的，几十年内，就发生一两次，把这种小概率事件当成追求目标，并不理性，甚至，这种好运发生在自己身上时，你并不知道自己正在改造世界。谷歌的创始人，曾想低价出售公司而不成，马化腾早年似乎也有放弃的念头，不得已熬下去，才发现改造了世界。

创业，是改造你自己，而不是世界。让你自己活得更好，这才是初心。市场是互惠的，你赚了越多的钱，意味着你为他人提供了越多的服务和商品。从这个角度来看，你过得越好，世界就越好。

二是跟风，没有成本意识。多年以来，文艺青年创业，非常流行开咖啡馆，时髦、洋气，好像又很轻松——听听音乐，和客人聊聊天，养一只狗和一只猫。你问他店租、人工、客流是否足以支撑，以及“那么多杯子谁洗”，他就翻白眼答不上来，怪你俗气。一个店，从开张到倒闭，即使过程只有几个月，成本也得十多万、几十万。失败一次，几年喘不过气。所以，不要跟风，咖啡馆也罢，网络公司也罢，时髦的东西未必适合你。

最后，以为创业是速成，我有个点子，马上就成了亿万富翁。钱是最难赚的，很多人是成功时才受关注，你不知道他之前吃了多少苦。披头士一到美国就暴红，可是美国的粉丝不知道他们之前在欧洲的小酒吧廉价唱了一万小时。世事都是如此，创业尤其是。网络时代，很多人以为创业就是吹牛，虚构数字，发几篇软文，然后等风投上钩——这是骗子，不是创业，诈骗有成功的，不过你还是别当骗子。

创业，不是为了虚荣，不是为了口号，而是要认准最务实、最“犬儒”、最俗气的标准：能不能赚到钱？能不能持续赚钱？能不能赚更多的钱？

在所有的创业者当中，最让我佩服的是陈强尼（Johnny Chan）。

他从十来岁开始，就知道发挥自己的天分，为自己赚钱，不停提升自己技能，这是最值得做、也是最有趣的创业，即使，你做的事得不到他人认同，甚至触怒家人。

陈强尼，你或许今天第一次听说：十一岁时，他和父母从香港移居美国休斯敦，很快在父母经营的餐馆里学会各类牌技，屡战屡胜；十六岁时，他初赴拉斯维加斯，用两百美元，鏖战三天，在德州扑克上赢了三万美元，1975 年的三万美元！

德州扑克是智力竞技，并非赌博。陈强尼知道自己在德扑上的天分时，美国主流舆论还认为德扑就是赌博，是不法之徒的最爱。

青年陈强尼不这么认为，我凭自己的能力赚钱，天经地义。二十一岁时，他决定从大学退学创业，当自己的老板：去拉斯维加斯当一名职业德扑选手。家人听说他的决定，气疯了，他父亲放下狠话：你离开这个家，就再也别回来了。

创业者哪怕这威胁？陈强尼说：爸，你会后悔说这话的，我有一天会成为世界冠军。随后，他开着自己的破车来到赌城。钱“输”光了，就当厨师，攒了钱，重新开始。

1987 年，三十岁时，他获得世界扑克系列赛冠军。休斯敦媒体报道了此事，他的父母终于以他为荣。1988 年，他蝉联冠军，成为传奇人物。他累计赢取的奖金以千万美元计。马特 · 达蒙主演的《赌王之王》，不少素材取之于陈强尼的事迹。这部电影放映之后，他的待遇像摇滚巨星一样：每次进洗手间，总是碰得见粉丝。

陈强尼是合格的创业者，不在乎外界的流行，接受真实的自己，不偏离赢利这个核心。最好的创业是发现自己，投资自己，不停变强。其他都是表象，你当老板还是当员工，你的企业有一万人，还是只有一个人，这都不重要，重要的是，你能尽快、持续地赚钱。

一切华而不实的言语、一切画饼、一切鼓励无偿奉献，你都要远离，记住我最俗气的建议：创业就是为了赚钱。

大家的牌都差不多，可有人就是一直赢

发现你的天赋，把你擅长的一点点技能，练得天下无敌，你就是神一样的存在。

一直生长到死

人会爱上自己重复得多的行动和观点，即使它们是错的。人先是情绪动物，其次才是理性动物。

始终保持好奇心，心态开放，愿意学习，这样的人并不多——当然，希望我们都是这样的人。这样，到了八十岁、一百岁，仍能享受新知识、新技术、新观念之美，你也不会阻挠你的孙子前往火星探险。

长辈静止不动了，孩子却在生长，这其中会产生无数矛盾。长辈控制欲太强，逼迫孩子也静止，这是家庭的痛苦之源。

这些孩子的第一反应，是试图一次又一次地说服长辈，用自己更快乐、更舒适、更活跃、更成功的体验证明给长辈看：我的勇气、我的独立、我的冒险是值得的，请接受我吧。

很多人还是会碰得一鼻子灰。有个读者，顶着父母巨大的压力，辞去公务员，经商很成功，一年挣的钱比半辈子公务员的薪水多，他原以为父母将释然，想不到他们说：你迟早会碰上大挫折的，到时候你就后悔不听我们的！

他在邮件里问我：这世界到底出了什么问题？

这世界一直如此，人性一直如此，否认你的人，不是你的后援团，你的父母可能也在潜意识里希望不听话的你摔个跟斗，然后他们很有面子地说：我早说了嘛……

人需要正反馈，找对后援团很重要。你辞去公务员，多跟自由职业者交流，有好处，而不是向前同事证明你有多牛，他们承认你，就得否定自己；你爱长跑，多跟有健身习惯的人沟通，而不是和胖子们炫耀，他们不打击一下你，心里不会爽。

你可能知道AA（Alcoholics Anonymous），匿名戒酒会。为酒瘾困扰的人，凑在一起，分享自己的软弱与勇气、困扰与希望，彼此鼓励，慢慢去除酗酒恶习，这就是典型的建立正确的后援团：他们不会打击你，而是让你把正确的力量变大。对比一下，你到酒吧里宣布戒酒，然后说，哥们，支持我吧！不被扔出来，已经算客气了。

做正确的事，是让自己更舒服，是实现自己的人生，不是为了去说服别人（包括你的父母）。你甚至要敏感地探测到谁不可能是你的后援团，冲他们笑笑就好，不要浪费自己的精力和心情。

对自己的人生负责，不要像石头，一冷却，再也不变，要像植物，每天都在阳光里生长，一天如此，一万天也如此。

* * * * *

每天最有意思的事情就是背几个单词。

过几天全部忘掉。

人脑并不是一个高效写入的硬盘，它像石头、骨头、龟壳、竹片等一切坚硬的东西，就是用刀，刻一个字也得很长的时间。这符合人的本质，一切都得慢慢来。你想快，大脑也不答应。

如果确实需要记住，只能把忘掉的单词再记一遍，一直重复到不会忘记，如此而已。

所以我一直不信“顿悟”，也许会有一夜间改变的人，但这不足以成为一条生产线，便捷地让人成佛、让魔成佛，人心中没有顿悟这个开关——当然，你信的话，我也没意见。

我喜欢“渐悟”这一说法。缓慢、艰难，它就是数学题里那只爬井的蜗牛，井高七米，蜗牛白天爬三米，晚上睡着了滑下两米，几天爬到井口？

蜗牛难道不能努力一点吗？难道非睡不可吗？是的，它非睡不可。

这世界让我们有个错觉，它变化很快——或者说，我们选择相信那些变化很快，去赌场的人更爱看中奖者的笑脸。

世界很慢，只能像蜗牛一样慢慢爬到井口，在那里，离新鲜的草叶近一些，距蜗牛妹妹近一些，大喊一声：哥哥来了！一个星期后，才抱到她，从此，他和她和他们的两套房子，幸福地生活在一起了。

新思想、新观念、新的生活方式，它们确实存在，在井口，但不存在突变：爬到井口，仍然是只蜗牛，甚至还有风险，你离鸟也近了一点。

有限的新闻告诉我们，在我们所处的这个空间内，不幸的事情还是挺多的，无聊且痛苦的生活方式还有强迫能力，于是，对突然的改变更为期待。

那一刻到来后，一切就不同了。

哦，不是的。你若没有慢慢地爬行，那一刻不会到来。没有和遗忘游戏，记忆不会到来。若不在旧中挣扎，也见不到外面的新。

不开始安静，真给你三天安静，没有电脑，没有电视，没有书籍，没有人声，你并不会有喜悦，只会收获三年时间——这三天像三年那么长。

不开始学习听与说，有一天，真没了敏感，没了限制，你的嗓子真的属于你，就像黄金属于金丝雀，就像白银属于白鸽，就像黑铁属于老鹰，你也没什么可说的，你也听不到什么，就像空白属于空白。

新的生活方式看看像是很容易，其实最难。因为它是生活，有爸爸妈妈，有水表电表，有堵车排队，有心烦意乱。旧生活比新生活容易，被奴役有时比自由更舒服。是的，奴隶有时候更舒服。

新生活是韧性的产物。对，把那口将要吐出的叹气咽回去，别说，算了，不过如此，罢了，罢了。

正因为晚上必然会下滑两米，才需要白天爬三米啊。

蜗牛都知道，人也要知道。

附记:一个孩子来邮件,说他将此文贴在自己书桌前面,很荣幸。越来越相信，人生最重要的是耐心，它是长跑，重在积累，只要不停，就能跑很远。只要脑子没受伤，不是特别聪明，不是特别强壮与漂亮，都没有关系，怕的是停下来，将前面的岁月清零。

做一个不会老的人

在年轻人中间，似乎有一种老年人恐惧症，社会上也由此弥漫着老年恐惧症。

这不是无来由的，在新闻里、在议论里，充斥老年人的负面形象：

他们殴打辱骂不让座（或让座稍迟）的年轻人，全然不顾上了一天班的年轻人累得像条死狗；

他们的广场舞扰民，他们的暴走团占领机动车道，他们打跑了篮球场上的年轻人；

他们还显得蠢，迷恋各类传销、怪异无用且有毒的秘方，勇于尝试所有新型骗局；

他们又很残暴，无情地侵入孩子的私生活，恋爱、结婚、生子、工作，全要听他们的，稍有不从，他们就焕发出极强的战斗力，直到摧毁孩子为止；

他们脆弱，善于打老人牌，他们成为永恒的消耗者，从肉体到心灵，都需要无休止的按摩关爱，像个吞噬一切能量的黑洞。

坏人年轻，危害很大；坏人变老，危害更大。

形成这样的印象，人们恐惧变老，也在情理之中。似乎只要成为老年人，就一定变得面目可憎。于是，这类恐惧老年心理，就在传播上具有了冲击力，也屡屡因此引爆。

最夸张的是，某地运动会上，80后已被人视为老年组。随后主办方郑重纠正，宣布四十六岁以上才是老年组——这更令人伤心，因为他们再三确定后，认为70后毫无疑问是老年人。

我是最大的70后，今年四十七岁。当然，我不认为自己是老年人。

我的工作强度、工作时间，我的自律，我的目标，仍然还是在增加，离老年还早呢。

但是不得不承认，很多这个年纪的人已经退休，有了孙辈，认为人生开始进入了享受、静养和受人照顾的阶段，把他们划为老年人，也不冤枉。

这是巨大的浪费。现有技术条件下，六七十岁的人，只要愿意，仍有能力胜任工作，还可以创造巨大价值；但是早早放弃，更好的意愿、更高的目标、更大的价值，也就随之消失。

放弃的后果不仅仅是零，是负数，因为你的精力还得有地方去，暴走跳舞发泄不尽，你就开始折腾孩子，别人的和自己的，总之一句话，要和年轻人过不去了。爱骂人，爱侵入孩子生活，就是因为你恐惧丧失自己，你害怕自己被边缘化，你想证明自己有价值，这种冲动，在一个没有人我界限的人内心燃烧，后果是灾难性的。

可以负责任地告诉你，年纪增长，伴随着阅历、智慧和经济实力的增长，快乐指数是越来越高的，你的人生进入复利增长的滚雪球状态，工作效率、投资效率都有极大的提升。如果你年轻时能欣赏朋友的成就，能够和更聪明的人交朋友，那么，你的朋友圈也进入了高能阶段。

时光赋予我们力量，你就会喜欢时光，哪怕代价是变老。

老年人的状态好，目光长远，有自己的事业追求，从个人再到家庭和国家，都会充满朝气。

少年孙正义去美国时，就对美国的朝气印象深刻，这朝气主要还是通过老年人体现的。他发现许多五十多岁的美国老年人，谈话的重点是规划未来，是创业，而他们的同龄日本老人，只是想着退休，感叹人生已是暮年。

所以，孙正义的美国偶像雷·克洛克，以失败推销员的履历步入人生下半场，不过，他属于永远的年轻人："那时我五十二岁，有糖尿病和关节炎，切除了胆囊和甲状腺的大部分。可是我仍然深信，美好的日子就在前方，将会到来。"

雷·克洛克在五十二岁那年创办了麦当劳。

70后、80后，离五十二岁还远吧？听了这个故事，是不是觉得充满了希望？

人是观念的产物。

你觉得自己老，二十岁就可以放弃人生；你觉得自己年轻，五十岁也有新事业等你。

当一代终生有自己追求的中国人老了以后，他们身上的朝气，家人、朋友以及陌生人都爱，甚至可以成为年轻人的偶像，那个时候，中国人的老年恐惧症，就会消失。

来，一起当个不会老的人。

走出你的舒适区

犹太人在现在人们的印象中，是经商天才，能从任何生意中挣得利润。罗曼·波兰斯基在他的《钢琴师》中，有这么一个细节：在同被送往集中营的前一刻，依然有不幸的犹太商贩向不幸的同伴兜售糖果。

犹太人其实是被迫学会了经商。他们原来几乎全是农民，反抗罗马帝国的起义失败后，在公元 70 年，耶路撒冷圣殿被捣毁，犹太人多数被掳获。在此后的流亡过程中，犹太人却在巴比伦学会了经商，而且成为专家——优势一直保持到现在。

流亡固然不幸，新知识与新技能却是丰富自己的重要收获。不流亡，就接触不到巴比伦的商业。当然，这不能理解为被敌人掳去是件好事，只是为了表明，时空的突然转换、熟悉氛围的完全消失，能逼迫人做出艰难的转变，从而迎来命运的转折。

人都具有惰性，依恋熟知的环境，相当简陋的物质及知识供给，都能让人忍耐下去。所以“流亡”状态的出现，开始总有外力强迫。

结合了大量犹太人历史的《旧约》,“流亡”也是一个重要主题，从中可以看到“流亡”是人的本性所憎恶的。在《出埃及记》中，先知摩西带领寄居的以色列人出埃及，奔赴神应许的“奶蜜之地”；几十年在荒野流浪，以色列人一碰上难题，就冲着摩西抱怨：巴不得我们早死在埃及法老的手下，那时我们坐在肉锅的旁边，吃得饱足；你将我们领出来，到这旷野，是要叫我们全都饿死啊！

只要有个肉锅，当奴隶的现状就可以坦然接受；而只要饿几餐，再自由的“流亡”，也会引起普遍反感。自由的价值远远高于奴役，这是个常识，也无需论证了。可是被奴役的状态仍旧为许多人所选择，原因很有可能就是自由的状态需要某种程度的“流亡”。

《新约》中的许多元素都是新的，可是“流亡”主题还是一再出现，而且被赋予了传播学上的意义：那些被驱散的人，流落到各地，宣扬理念（《使徒行传》)。当“流亡”的价值显现后，“流亡”逐渐成为主动追求的状态。“流亡”状态也多数是在精神领域内的“灵性流亡”，从“埃及”走到“奶蜜之地”，全然都在自己每天的一念一瞬，在自我挣扎中完成，也许这个过程所需要的时间，绝不会少于摩西在荒野里的几十年。

一个人有无自觉、有无勇气走出自己的“舒适区域”，在危机与挑战中保持警觉与学习能力，是愚智分界线。从这点来看，自由竞争的商业社会，确实有利于激发人的潜能与创造力。公司再大、能力再强，都害怕突然杀出高明的对手，只得有意识地提升自己，不敢稍有松懈。在这些人身上总能看到活力和智慧。相反，那些只在“舒适区域”不动的人，越来越笨、越来越无聊，也是必然的。

加油，所有的郭靖

长期有人问我，有什么书可推荐给小朋友？

心头跳出的一直是这个答案：金庸先生的《射雕英雄传》。我从这部初中读过几遍的书中，吮吸了一些营养。当时身边的老师和家长都强烈反对武侠小说（估计现在也有偏见），不过他们多数都爱看，兴趣与快乐是诚实的。

《射雕英雄传》是被低估的杰作，在武侠小说中很另类，在于金庸先生描述了适合普通人成长的“学习模型”。主角郭靖，作为男一号，天赋平庸，领悟力不及格，但是朴实、善良，这点像极了大多数普通孩子；他的核心竞争力是，知之为知之，不知一直练到知。一招一式缓慢积累，逼近武学宗师的突破点，最后随心所欲。

这样的书怎能不读？加上语言好，情节紧张，可以成为孩子读完的第一本厚书，积累阅读经验的同时，还得了学习模型。反正作为资质一般、也不快乐的孩子，此书当年给我莫大的安慰：不放弃，我可能也会有点出息吧？现在谈得多的终生学习概念，金庸先生当时就给我了。

质量高、产出大、影响力巨大，金庸先生是华文作家第一人。金庸先生比郭靖大侠聪明很多，但模式一样：逐渐积累。他这些作品是以专栏形式在报纸上完成的，虚构类专栏，可能是最痛苦的写作方式，我写过两年，苦不堪言。

非虚构类专栏，相对好写，感谢媒体和读者赏饭吃，这一直是我的职业，最长的专栏一写十二年。不过早期名声与稿酬的刺激边际效应递减，这活就成“苦役”：每周三早上之前，必须交稿，字数不能太多，也不能太少。有几篇出来的情景历历在目，有心情很低落时写的，有家人急病时写的，有自己生病时写的，有像丧家犬时写的——可这些不良情绪，还不能传递给读者。

到最后，是完成与媒体与读者的契约，只要他们不停止，我就得继续。我视“苦役”为自己的得到。这也与我的自我定位有关系，早年决定以写稿为生，我的想法是，媒体永远需要有人生产内容，这块活最苦，最需要自律与积累，也最不容易被替代，我来做这长工吧，或许饭吃得久一点。

媒体是动荡的行业，不停革新，还好，我可以继续当长工，只不过现在文章发在微信公号。当然，自己写自己发，篇幅不限，焦虑感会降低，可长工本色照旧，还是得在相对固定的时间写一定数量的文章。

人难免都得做苦工，这可能是金庸先生《射雕英雄传》教给我的方法论。

我还用它观察一个地区。一地百年企业多，说明系统稳定，能抵挡动荡；说明诚信经营者多，骗子走不远；说明愿做苦工的人多，才能一代代传递理念与技艺。这世界的幸福与财富，是这么逐渐积累起来的。

我还用苦工论观察一个人。一人能忍寂寞，学艺、坚持，像童年的郭靖，即使回报在多年以后；一人能日复一日用自己的服务与产品赢得客户与尊重，他的自律、能力与品格，都得以体现。这样的人，可以信任，可以合作，可以当朋友，可以从他身上学习，无论他从事什么职业，本质上和金庸一样，是大侠。一个人的成就感，是这么逐渐积累起来的。

加油，所有的郭靖。

* * * * *

如果我办小学，第一节课，就会让孩子们跑一圈运动场，四百米，气喘吁吁的他们站定后，再告诉他们：一年以后，你们必须跑二十五圈，一万米。

孩子们必然非常吃惊，一圈就这么累，二十五圈，怎么可能！

我有位朋友原本跑四百米就吐，有天用时速八公里跑了五分钟，精确说，跑了六百六十七米。跑完后，心情还是不好，觉得自己太弱。

我若对这位朋友说，半年后，你能跑一万米，他很难相信。时间这么短，我能变这么强？

能，方法很简单，这次跑五分钟，下次增加百分之十，多喘十口气。我就是这么做到的。

一万米跑，是非常神奇的运动。没人天生能够无间歇跑这么远，但是，稍加训练，身体正常的人都能做到。能跑一万米后，每次跑都不轻松，都会经历咬牙才能坚持的阶段。

一万米跑，烧不了多少热量——八百来卡吧，饮食不调整，还是高碳水高糖，身体一适应，你的小肚腩又会长回来。它练的主要是意志力。

你从来没有跑过步，跑几百米就得吐。这个起点很棒，这意味着半年至一年内，你看得到意志力的增长。每次增加百分之十，跑距长至三千米以后，每周增长百分之十。

有氧运动的好处是，无论多累，意志不垮，总能再跑一会儿。你命令自己，再跑一圈，你就能再跑一圈。你享受的是这个自己塑造自己的过程。无氧运动比较难体现这点，力竭之后，把牙咬碎，你也无法再加做一个动作。

能跑一万米，再加上掌握自我塑造技术，延伸至半马全马及更长的极限跑，不是能不能的问题，是想不想的问题。不过是用意志力不停拉伸自己的跑距，你知道自己只要开始，慢慢累积，就能达成那个遥不可及的目标。

只能跑六百多米，固然非常弱，但和自己比变强，即可。这样想，你就会很开心。有正确的开始，弱势出发，并不是坏事，因为开始时成效惊人，持续增长的时间段也长。

每天持续的正反馈，只要一点点就行，累加至一定程度，突变那刻就会到来。不是只有一万米的练习过程如此，只是它特别典型。

想到一个美国婚姻专家的故事。

他的婚姻一度陷入极大危机，他想挽救，他知道妻子内心也想挽救，只是两人都无比绝望，找不到办法。

有天早上，他突然对妻子说了一句：我今天做些什么，能让你开心一点？

他的妻子又诧异又冷淡：你竟然认为还能挽救我们的婚姻？

他说：我不知道，我只想每天做一件让你开心一点的事。

妻子说：那好吧，去做早餐，并把厨房收拾干净。

第二天，妻子给的任务重了一些：把车库整理干净。

“我今天事情很多，没有时间，能不能明天？”这话他生生吞了回去，去车库干活了。

每天做一件让妻子开心的事，很快，妻子看他的眼神重现柔软与温暖，两人的沟通更多，误解更少，婚姻最后也挽救了。

正确的开始，微小的长进，然后持续。可能几乎没有什么事你做不成的。

你想让自己变强,那就每天做一件让自己更强（开心）的小事，想想它是什么？

你想让婚姻变强,那就每天做一件让配偶更强（开心）的小事，想想它是什么？

你想让你的孩子学会一万米跑，最好的办法不是逼他每天跑，是自己先开始练一万米，你知道怎么变强，你才能教给孩子。最好的教育者，也是最好的人，就是自己一直在变强的人。

大家的牌都差不多，可有人就是一直赢

人一生的时间差不多，人的禀赋也差不多，一出生到这个世界，大多数手里的牌差别不大。

可是中年以后，人的差距就很大了。牌是差不多，可有人就是一直赢。

赢的人掌握了高精尖的技术吗？我想，并不是的。正如提升人们生活质量的，登月技术或许未能上榜，可是，拉链、电动剃刀、洗衣机这些朴实无华的“小技术”，人们现在哪里离得开？没有空调，你活不过今年夏天，而此生不去月球，又有什么关系？

前晚睡觉之前，运动手环上显示，我离一万步目标只差一百来步了。我就在家来回溜达，好像梦游，达成一万步，才上了床。听起来很滑稽，可我知道，你也干过类似的事情，只要目标量化了，你不完成心里就不舒服——这是提升效率的技术：量化。

由此想到，通过自我管理提升自己的效率，虽然千难万难，但它也能分解成常人可掌握的小技术，不停重复使用这些小技术，就是他人与你的差距。

量化技术，妙用无穷，有诸多变化，它是实现宏大目标的好手段。我尝试过的小技术，有这些：

早起偷五分钟。持续读完一本书的能力，很多人没有得到（或丧失了），即使你知道这本书对你很重要。这不能怪罪移动互联网，在前网络时代，书对绝大多数人来说，也是装饰品。现在人早上醒来，第一个动作是摸床边的手机，在朋友圈点一遍赞，看看新闻，在碎片信息中混半小时，起床，一直忙到晚上。确实没时间看书。应对的方法是，在手机里放一本你想看的电子书，强迫自己拿到手机的第一个动作是打开这本电子书，也别太辛苦，只看五分钟就好，最少也能读十页电子书。

定个卑微的目标。一般来说，开了个头，你至少能看十分钟，甚至半个小时。这样下来，一个月接近完成一本书——就这么一个小动作，你每天早上战胜了百分之九十二的中国人。但我不建议你的目标太大，比如，每天早起先看一小时的书，难度太大，很难开始，很难持续。目标卑微，容易完成，形成习惯，倒有意外之喜。所以，永远都“早起偷五分钟”，绝不要多。一些艰难的工作，在这卑微的攻击之前，都将瓦解。比如，面对自己的拖延，你也可以这样对付它：管它有没有结果，先干五分钟再说吧。我今天能不能跑完一万米？管它呢，先跑五分钟再说吧。

未完成的力量，留半句话不写。以写文章为例，一篇文章，短则一小时，长则几小时，其中各种主动被动中断是必然发生的，得上卫生间，或者吃点零食。在停止之前，有一种做法是：把这段写完，把这论述结束。你重新坐回电脑前，就得想，新一段准备写什么，下一个论述是什么。原来连贯的思路，忽然消失了，好像在马桶里冲走了，你不得不回忆，或者索性重新想过。此时宜采取另类的量化指标：必须留半句话不写。我想好了这句怎么写，只能写一半，休息完回来，那下半句话是不会忘的，你的大脑强迫症一般急迫地想完成未完成的半句。

留出错误指标。任何一件事做完，你都觉得你能做得更好，换言之，做任何一件事，都必须犯一点错。错是做事的成本之一，尽量降低这成本，但不奢求绝不犯错。完美主义者，很难开始做一件事，因为他把能量都花在谴责自己的错误，他更难完成一件事。只要你九十分，效应是绝对的正数，那就别对自己太严苛。

睡前再偷五分钟。早起偷五分钟，重点不是五分钟，而是你偷到了方法，当你习惯“小偷小摸”时，你会发现，睡前偷五分钟，也是一定要做的。没办法，你不得不在高效率的路上越滑越远，无法回头。

* * * * *

随着网络的进化，沟通、交换、服务更能通过网络完成，自由职业者越来越多，如何管理自己的时间，确实成为更重要的主题。

媒体业最早受到网络影响，我从 2002 年开始，就在家工作，至今十多年，说到管理时间，算是有点发言权。

几年前也有人问到这个，当时回答得比较简略：要有“松弛的纪律”，今天把它细分一下：

1. 不当无业者。有人在家里无所事事，靠别人养，不存在所谓的管理，七点起床是发呆，九点起床也是发呆。有事做，是管理时间的前提。

2. 有意义。闲暇、尽情享乐，似乎再多也不满足。边际效应递减规律，照样适用于它，即所谓的闲得发慌。听朋友说过一故事，他单位一老头，退休后在家里待不住，想到的办法是重返单位，霸占一张办公桌假装上班。这种极端事件可以告诉你，无意义感，具有多大的杀伤力，它能让人变成疯子。

3. 从内而外的意义。霸占办公桌，就以为有意义，这当然很幼稚，不过类似的幼稚有各种变形。当人们找不到自己的意义时，无法自内而外发光，他们趋向于站在另一发光体边上，让他人承担自己的意义。这也是全职主妇（夫）最危险的地方，不知不觉，你就强求配偶、孩子替你找到人生的意义，你比任何人都更不能容忍他们的“失败”或“平庸”。

4. 对自己好。对你来说，你是自己最重要的人。确定这一点，当一个纯粹的个人主义者，你才会对自己好，你才会想变得更好：更健康、更快乐、更想体验未知、更想实现自己的人生。此时，管理人最重要的资源——时间，自然变得急迫。

该强调的是，个人主义不会让家庭与社会分崩离析，人要变得更好，一定会寻求互利的分工与合作。强大的个人，只会形成更强大的家庭与团体。一个家庭，人人有自己的追求与成就，快乐程度远高于寄生虫多的家庭。

5. 别对自己太狠。太勤奋是要防止的另一个极端，新知识与新技能的得到、瓶颈的突破、那种飞升的快感，容易让人以为高强度可以长期持续：我每天榨取自己十小时，一年大事可成！

这种焦虑将破坏生活的平衡，为了攒时间而攒时间，像个吝啬鬼，得了强迫症。管理时间是让生活更好，不是毁掉生活。

经常打打坐，很有好处，它的唯一主题是：几十分钟彻底放空、无所事事，有益身心。

6. 保持节奏。太勤奋，不可持续，后果就是丧失节奏。保持弹性，反而有好节奏。一个月想有效利用一百小时，一天就是三个多小时，借助记录工具，有数据，不容易失控，比如某天猛冲到五个小时，你就得强迫停止了。

7. 不要太邋遢。我在家爱穿非常旧的T恤，柔软舒适得像第二层皮肤。原来下楼吃碗面，就这身行头溜出去，总想着：熟人不会怪，生人又无所谓。后来老婆批评了几次，也确实意识到邋遢会侵蚀自己的生活，再说了，这样对新衣服也不公平。现在出门就认认真真换衣服。

总的来说，管理时间不难：做点事，学点东西，找到自己喜欢的活，出门穿清楚一点，大致就不差了。

人生信息战

有人说，我们生活在人类有史以来最幸福的一个时代。

技术进步让人们告别物质匮乏，都讲扔东西、断舍离了。在信息上，更是全球大同，只要有网络信号，信息从生产到消费，几乎同时完成。

在网络出现之前，信息还是很昂贵的，书、CD、影碟，满足自己的喜好，尽情搜集，花费的时间与金钱，都很可观。

继续上溯，农耕时代，书是奢侈品，富裕阶层才有实力藏书、聘请好老师，几乎垄断知识。

不敢想象出生在那个时代，即使投胎于上层，天天摸那几本书，知识的产出与更新极慢，也会闷出病来。

是的，我们生活在一个幸福的时代。

信息泛滥被人当成坏词，它恰恰是现在幸福的象征：知识以近乎零成本的方式提供给你。

面对无限，我们觉得美，也生出恐惧。仰望星空，想到宇宙无边无际；每天上网，好文章潮涌而来，想到时间太少，未知太多。两种感觉是一样的，丰富下的孤单，无限里的无助。

不会选择，任由信息淹没你，除了更累、更恐慌，你很难享受新时代的红利。你会选择，迅速将最新知识整合进已有的体系，或将似乎毫无关联的知识组装起来，即为创造，你在知识巨浪上享受冲浪之乐。

有位德州扑克顶尖高手，大学修过数学与心理学，她认为德扑的本质就是信息战：

Poker is about using your chips to gather information faster than everyone else.（扑克的本质就是利用你的筹码，比对手更快地获得信息。）

这岂止是扑克的本质，简直就是人生的本质。所谓人是观念的产物，像吃饭一样，你得每天不停喂自己信息，锻炼思维，比别人判断得更快、更高、更准。

信息战听起来很可怕，很难掌握的样子。不必害怕，它不需要你有数学和心理学学位，养成两个简单习惯即可：

一是讲逻辑。那些低效的人，往往充满了情绪、偏见和幻想，希望通过发怒、痛哭或嫉妒来解决问题，一生追求同时得到 A 与非 A。违反逻辑的目标，当然追不到。这是活在动物阶段。

二是讲概率。时间有限，不应追求小概率事件，做一件事，成功率不足百分之五，那就别太执着。各种成功故事、励志段子，包括日常聊天里的“某某中大彩”之类的，几乎都是小概率事件，你无法复制。

自从我把概率思维用于打麻将之后，赢面明显大了。一手牌抓起来，进几张牌能和，你有摸几圈牌的可能，吃的可能，碰的可能，这些都可量化。和牌概率大，不妨对下家松一些；概率小，那就好牌留着，看死下家。而且随着牌局进展，概率是不停变化的——当然，不是让你去打麻将，而是说，计划之前，不要仅凭激情或教条，算算成功率，是很重要的。

美妙的信息泛滥之中，打赢你的信息战吧。

阅读的温暖永远不会改变

学者与图书馆总是分不开，就像明星与绯闻的纠缠、女人与钻石的亲密。我最早知道的，是教科书里的事件：马克思由于勤奋，在大英图书馆的地面留下了鞋印。是贫穷的思想家鞋子质量太差，还是大英帝国建筑图书馆地面时偷工减料，这就不得而知了。不过，这可以当成仪式来办，既然明星可以在好莱坞星光大道留下手印，应该也让学者在图书馆留下自己的脚印。后来的阅读者把脚放在这些脚印上面，是何等惊心动魄的事情。

图书馆的起源可能是由于人类在知识上的贪婪。柏拉图就认为一个人只有先掌握现存的所有知识，才可能有自己的想法；显然，充满了独创精神的他，其实并没有实践自己的想法。这句话，略作修正就可以了：一个人只有尽可能多地掌握现有的知识，才可能有自己的想法。想遍读百科的福楼拜，曾经有宏愿完成一部包罗万象的作品（当然，没有实现）。一点点自己的想法，得来多不容易。

只爱写短文章的博尔赫斯，就没有这样的苦行僧做法，他的梦想是有一本永远都读不完的书，可以从任何一页翻开，永不重复，无始无终，以至无穷。简言之，就是拥有一部袖珍图书馆。

网络技术的进步，使博尔赫斯的梦想可能成真。

那么，书和图书馆就有可能消失了。这种恐惧感袭击了对传统形式有好感的读书人。书，会不会消失？

历史悠久的亚历山大图书馆，毁灭过，又重建了。据说，法老塞穆斯第一次见到新技术——书写，那个跪在他面前写字的人能清楚地复述刚才的谈话，大大惊骇了一番，好像还很反感，认为会得罪神。可是亚历山大恰恰在尼罗河三角洲西岸盖了图书馆，拥有当时世人所有的书籍。还好，不管破坏者如何努力，法老的金字塔至今没被彻底毁灭过，算是赢回了亚历山大一局。

艾柯认为，纸书的形式最终会消失，但书的本质——记录、传承、创造、安慰，应该不会消失。我想，将来的电脑完全有可能做成一本线装书的模样，或者像一块正要刻上象形文字的泥板，里面装着全世界的书。

阅读的温暖，我相信永远不会改变。这种温暖，可以用以下的情境来形容：古希腊的哲学家，被迫害他们的权贵追得到处跑路，找到安全地方，稍稍休整，晚上，他们在炉火前坐下，喝一盆热乎乎的豆子汤，身子暖和以后，问旁边的朋友：你从哪里来？最近读了什么书？

* * * * *

人当然要读书，不然知识与观念就断了一大来源，人容易简陋。所以，我来推荐几本书。

这几本书，除了我看过觉得好，还有一个标准：非常好读，文化程度初中毕业，都能轻易读完，读完后，将形成你的观念和方法，受益终生。

读书有两个重要原则，一是不要读太多，适可而止。我相信，除了我，没有第二个人跟你提过这个原则。

读书并不是生活最重要的事，它也存在边际效应递减，过多，则意味着你耽误了其他事，或者你在逃避生活。一个成年人，当你为了读书，不愿意赚钱，不愿意照顾家庭，不愿意陪孩子玩，甚至做爱都嫌麻烦，这就是读书过多的标志。

好，开始列书单。

《人性的弱点》，这是一本被低估的书，作者卡内基，太过畅销，又有成功学、鸡汤和励志的标签，搞得像黄色小说一样见不得人。我十六岁时读到这本书，才知道学校与家庭教育里关于人性的教育，基本是谎言。人性就如卡内基所说，自我中心，自我麻醉，容易被哄，容易被骗，浑身漏洞。高明的骗子，都知道人性的弱点，我们当然也该知道，这样才不会上当受骗。

《简单的逻辑学》，美国逻辑学教授D.Q.麦克伦尼所著。一切精通本领域的大师，都能简单清晰地写出普及作品，他们从来不会嫌读者不够聪明。逻辑很重要，思考说话不合逻辑，人生基本是悲剧。但翻开任何逻辑学教材，枯燥乏味烦琐得让人觉得：比起学逻辑，人生悲剧似乎更能忍。而这本书，能让你飞速看完，又能建立逻辑的基本架构，你甚至会反复阅读此书。我若办学，此书将当作小学生的教材。

《活出生命的意义》，你看这本书时，不停有个感觉，心理学家维克多·弗兰克尔总在说：我发现的新意思有限，经历也简单，就写一本薄薄的书吧。心理学在他之前，热衷于关注人的病态与反常，而这个人，在最病态、最反常的环境里待过，却将注意力放在人的实现、内在力量与生命意义。这些结论，是他用命换来的。纳粹统治欧洲时，他原本有机会逃离，不过家人走不完，他决定留下一起共渡难关，最后全进了集中营。在苦囚时光，他发现，很多囚犯死亡并非由于酷刑、劳役与饥饿，而是觉得活着没有意义了。发现你生命的意义，这是你活着的动力和目标，如果你是手机，意义就是电，每天得充一充。

《一课经济学》，亨利·黑兹利特著。诈骗犯和经济学家有何区别？后者骗你，你得给他鼓掌和出场费。经济学的分歧，比经济学家还多，因为每个经济学家都有几套说辞。你不懂经济学不奇怪，那些教材多是错的，你总会被带到某条沟里，后果是你学了各类所谓的主流经济学后，变得更笨了，你连本能的利益判断都放弃了。下班途中，你打开这本书，堵车的话，回到家这书就看完了。这两个小时，将是你人生收益率的高光点，以后，那些经济学骗子，无论他们顶着何等吓人的头衔，都骗不了你。

如果你想再上层楼，读一本稍微有点难度的书，那就是穆瑞·罗斯巴德的《自由的伦理》，他以产权为基点，重新架构了世界。这本书需要你有强大的心理，你很多原本认为绝对正确的价值，都将被罗斯巴德用逻辑辗碎，读完你会像经历一次车祸。祝好运。

你注意到了，我一本文学书都没推荐。年岁越长，我越觉得文学书可有可无。诗人是天生的，对文字独特的触感，不需要多读文学书；而一般人，读文学书，学里面的抒情和观念，会成为笑话，而且是酸的。人用口语表达和抒情就可以了，而且往往更真实更有意思。

读书第二个原则是要动手、输出。虽然做摘抄、整理读书笔记、写感悟会花费一些时间，但却是阅读中至关重要的一个步骤。省略这一步你也许仍会从阅读中有所收获，但是知识消化、吸收的效率会远不及习惯做记录整理的人。

* * * * *

维克多·弗兰克尔的《活出生命的意义》，你看完了吗？

肯定不少人当时热情万丈，买了书，然后看了三五页，现在还没有读完。热度消退得更快的一拨人，只是收藏了书单，最后书的样子都没见过。

这是常态——三分钟热度，是人性的弱点。我们年轻时都发过三大誓言：阅读、学英语和健身。后面基本败给人性的弱点。

三分钟热度的誓言，并非一无是处，它起到了弗兰克尔所说的作用：给我们的生活注入了一点意义。

如何延续这热度？另一位囚犯说得更好一些。他是詹姆斯·斯托克代尔，越战中被俘七年半的美军飞行员。

这七年半不好过。除了固定的刑罚，他的腿伤得不到医治。他还得自伤，当得知自己的形象将被制成宣传品后，他用刀片割破自己的脸，用棍子敲自己的脸——模特不成人形，当然无法用来宣传了。

越战对双方来说，都是巨大的悲剧，浪费了无数人的性命。不过，詹姆斯·斯托克代尔的勇气、毅力与策略，却很有价值。美国学者詹姆斯·柯林斯将其命名为“斯托克代尔悖论”（Stockdale paradox）：你要坚信自己最后能赢，但对残酷的现实又要保持清醒。

斯托克代尔说，坐牢最怕的不是酷刑，而是过于乐观，以为不用多久就能重获自由，了不起到圣诞节吧。结果，圣诞节过了，新年过了，失望且心碎的人，就熬不下去了。

斯托克代尔是条硬汉，不过，在残酷的现实面前，他会稍作妥协，不高估自己的能量。比如在心里告诉自己：若被打得受不了，就再挺五分钟后认个㞞——这也是解决“斯托克代尔悖论”的方法，不停地解决现实的挑战，逐渐积累到最后时刻。

我们虽不会坐牢，“斯托克代尔悖论”还是非常有用的认知。就是读一本书，你也知道，它可能得花几天时间，日程忙碌的人，花掉一个月碎片时间也有可能。

三分钟热度，就是不愿承认这现实的难度。三分钟，三天，事情都没有太大变化，一失望一心碎，算了。发的誓言，都是这么背弃的。然后说，道理我都懂，可日子还是过不好。

是的，令人过得好的道理，并不难，很朴素，小学生都懂。过不好的人，不是不懂，而是最多只能执行三分钟。道理懂了，不做，这是虚伪，最后过不好，是对虚伪的惩罚。

你懂的道理，你至少执行七年半吧。

人人都会写文章

“我想写点什么，但我又不知道写什么才好。”这种想法困扰了很多人。在现实中，确实见到许多人，写几句话都得憋半天，憋完还是病句。

这不应该。文字的出现，原本是为了记录口语。也就是说，只要你会说话，你就会写文章。文章应该人人会写。是什么，让文章变得这么难写?

我想到一件事。有个小孩，我对她第一篇文章印象深刻，也就刚上小学，真有点天分。到了高中，语文老师是安妮宝贝的粉丝，作文语言风格类似于安妮宝贝的,容易得高分。这孩子的风格不是，也学不会，很挫败。以后估计也就不爱写文章了。

安妮宝贝的文字取得了很大的市场成功，语文老师粉丝必然不少。但把她作为唯一的标准，许多孩子就不会写文章了。

很多时候，不是你不会写文章，而是你写不出你认为的“标准文章”。下笔之前，满脑子想的是：老师想要什么？媒体社论是怎么写的？主流观点是什么？大多数人的想法是什么？——结果就是下不了笔，最后以为自己根本不会写文章。

我怎么想的，我怎么说的，我就怎么写。按这路径，你会写文章，或许写出来有些混乱、啰唆，有这样那样的不足，也不合他人的喜好，但那是文章，而且是你真实的想法。它说不定就有某句触及他人的痛点，得到很多赞。

中文就那几千常用字，小学就过关了。一些基本规范也不难：标点符号别乱用；整齐一点；适当留白，方便阅读，不要一段到底；重复的话删掉。一篇文章就成形了。

教育、书籍，甚至书写工具，原来都很昂贵，写文章是少数人的特权，传统中还刻意拉大了口头与书面的距离，使人觉得，写文章是很可怕的事，一般人做不来。

几天前，我和一位朋友喝酒，其间谈到文学之类的话题，他忽然冒出一句：陶渊明太烂了！我大吃一惊，问为什么。他说：写的什么狗屁，像说话一样！

我这才放心，说了我的理由：那才是功夫，考虑到时间如此久远，他的文字仍然让你觉得像在说话，这没什么人能做到。

那些像聊天一样就把事情说好的文章，才是好文章。相反，用了很多生僻字，罗列一堆典故的，反而可能是坏文章。

现在，不写文章的人很少。是的，你写邮件、写微信、写评论，都是在写文章。移动互联时代，也是人人写文章的时代，你会聊天，就会写文章，说你想说的，即是意义。

* * * * *

不会写作很麻烦。很多人已经意识到这点。

我很想写作，开了公众号，但迟迟无法推送第一篇文章。我写了第一篇，但第二篇就无灵感了。是这样的，这不是你个人独特的困扰，写作一难在开始，二难在坚持。

不会写作，并不会死掉，所以多数人在最后一次作文考试后，再也不写了。

但不会写作，很多能力会死，很多机会也会死。

写作能增强你的学习能力。人这一生拼的除了健康，就是学习能力，人是一台为学习而生的机器，消化新知识新观念的能力越强，马力越大。

衡量学习成果，考验学习能力，有个好用的方法：用你自己的语言复述所学的内容，或者记录谈话要点、概括一本书的内容、转述一个观点。只要你做了，效率就提升。说得越平白易懂，你的学习效率越高。

写作就如猫舔自己的毛，有自净和放松功能。

写作是在一段时间内专注写（打）字，逻辑控制思维，功能类似于禅定，它让噪音消失，真实的声音浮现出来。我作为老手，也经常将整篇文章推倒重写，短短一两个小时的专注与推理，让你的思维转向，让你看到更深的深处，甚至让你警醒：哦，我一直忽略自己的求救信号。

写作是学习，是心理建设，不掌握这技能，非常可惜，你也容易被贴上二等雇员的标签。理解这个本质功能，写作就容易了：用你自己的语言记录你真实的想法。

很多人把写作理解错了，以为写作是为了名气与金钱赞赏。这自然难以坚持，任何行业，都是少数人拿走多数收益。写作作为职业，更残酷一些，少数赢的拿走全部。

可以告慰你的是，写作这行，即使赢的，拿的也不多。这是投入高、竞争残酷、回报却低的职业。

十多年前，我就是媒体界拿最高稿酬的人之一，但我赚更多钱的，是其他方面的投资。二十出头，刚开始写文章时，我同时也在倒腾其他一些事：倒卖过一台水货录像机，没成；倒卖过几十吨水泥批条，没成；想长途贩卖煤炭，没成；倒卖过一车木材，成了，赚了几百块。遗憾的是，那时文章开始发表，一篇豆腐块，享受好久的羡慕——就这样被追求名气“毒害”了，彻底转了向。

我要对年轻的自己和年轻的你说，尽量避免把写作当成职业，而该当成必备的技能，你不追求名气与金钱，自然回归到学习与心理建设这个核心。

写作现在算我的副业，我更能跳脱出来看它的弊端：

无论中外，写作者普遍是左派，爱哭，爱平等超过爱自由，贬物质捧精神，抗拒新技术，耻于逐利，不自封为代言人就会死。

这些人，以财富为标准，以生活舒适为标准，很多是失意者、失败者，在其他行业，早该面壁反省了。但写作者控制了舆论，掌握了煽情的技艺，反而改变了标准，把不利化为有利，把无能变成荣誉。一个观念不定型的青少年，进入这种圈子，基本就没救了。

我不赞成你成为职业写作者，但我认为你一定要掌握写作技能，做到以下几点即可：

写你真实的想法，即使只有你一人这么想。写作是观点战争，怕骂而不敢写是正常的，可千万不要写你不信的流行观点。

字迹整洁，版式清爽。

用口语写，怎么说话怎么写。不要半文半白，不要堆砌辞藻。

切忌强行升华，切忌强行“有思想”。我在另一个公号的文章，常看到读者恐慌的留言：你记录这件事有什么含义？没有含义，就是写我认为值得写的、有意思的、意外的，一切含义都在字面上。

放轻松，就有很多东西写。事事要升华，都想写成报纸的社论，最后你有一双四方形的思想眼，看不懂圆的石头，看不懂流动的云，也嫌孩子的游戏没有意义，然而觉得没东西可写。

释放孩子的写作能力

写作是很难掌握的技术。这其实是错觉。

确实，能把文章写得流利、清晰、生动，这样的人，少之又少。现在收到一封得体的邮件，都让人有中奖的感觉。

这不是因为写作技术难。你会说话吧？会发微信吧？和姑娘网聊，三五小时不累，其间打了一万多字。你会这些，你就会写作。可是一让你写作，你半天也憋不出一句话。

问题出在哪里？

孩子一入学，就感觉不会写作。

有家长问我："连岳，孩子上三年级，为作文我眼睁睁看着她憋了两个小时，写到二百多字的时候实在写不下去了，看作文书又加上一百多字了事。我难道要用'多积累，多写'这样的陈词滥调去教她作文章吗？"

我理解这家长的焦虑，这焦虑也普遍存在于家长当中。

作文是思维的整理，作文不好，即使不是思维混乱，也意味着思维无法输出，大脑的价值得不到展现和承认。

我有简单的原则，可释放孩子的写作能力。

我用的是“释放”一词。即这些能力在孩子会表述时已经存在，只是不当的教育把它们锁起来了，最后死在牢里。

在说简单原则之前，我需要家长先答应几点：

1. 别把作文书当回事，可买可不买，可看可不看。不是说这些作文不好，肯定有好的，只不过，它们占好作文的比例太低，而占坏作文的比例不低。

2. 不再说多积累多写这种话。孩子能有什么积累？孩子写那么多干吗？写多了没时间玩，没时间读其他功课，损失更大，还未必有收获。

3. 把你的“政治正确”放一边，多陪孩子玩，多听孩子说，避免纠正。大人脑子里的条条框框很多——很多都是小时候优秀作文灌输的。

你答应了，孩子的作文就是小事了。很抱歉，又把责任放在你身上了。教育孩子，也是家长的自我再教育，教孩子写作文，也需要家长重塑自己的作文观。

孩子的差距，从来都是在家庭里拉开的，学校的老师，只是家长的助手。

孩子得了好的基因，赢了一半，又有好的家庭教育，那天下无敌。学区房不算什么，不值得投资。

基因这种不可改变之事，不说。中人之资的家长，都有办法搞好家庭教育，提升孩子的作文水平。

孩子每天为什么而笑，你知道吧？你晒过他的萌吧？你手机存有一千多张他的照片吧？——如果都没有，至少给孩子提供了这个写作素材：我那无情的爸妈。

他真这么写，你要觉得真实，你暴跳如雷，觉得他应像作文书里一样，编造出一个完美爸妈，那就别怪他半天憋不出一个字。

这些孩子的生活细节，你一一记得，孩子也记得，写下来，一点不难。

这些细节，很多不雅、恶俗、恶作剧、“政治不正确”，像所有人的生活一样，我们不敢写，因为觉得它不值得写、不配写、永远得不了高分、入不了作文选。这种心理障碍，让我们彻底告别了作文，家长用这种作文观要求孩子，那就是盲人骑瞎马，不能上正道。

用自己的话，写自己的生活，写自己的想法。不管别人怎么说，也不管别人怎么想。这就是写作，每个人的生活都是独一无二的，包括你的孩子。

下次你的孩子需要写作文时，和他一起回忆当天发生的事，打开手机相册和家庭微信群，印象深刻的事自然会跳出来，记录下来，就是作文。

一个糟糕的、常见的、几乎每人都写过的作文题目是：记一件有意义的事。

没几个孩子会写。他们会想，意义是什么？我贪玩贪吃，觉得班上某个小女生漂亮想讨好她，这不是意义，很羞耻，于是他们去猜老师喜欢的意义，家长喜欢的意义，作文书里的意义。

这样长大的孩子，他们开始习惯自己是不重要的，自己的想法应该隐藏；权威的、主流的、强势的观点，才是自己应该附和的——即使它违背自己的真实想法和利益。

一个好的作文题目是：记一件事。记一件开心的事。记一件让我生气的事。

它们着眼于写作者（孩子）的个人生活，它们存储在孩子的记忆库里，每天都有几件，内容多的是。这类作文，每个孩子都能写出自己的杰作，但我得承认，它们中的多数，在升学考试中，是得不了高分的。

可是，你让孩子自由自在地写自己，几年后，不再怕写作，表达技术也成熟。那时候，按作文书的标准，写几篇假模假式的应试作文，又有什么难的呢？

* * * * *

我二十岁时，分配到一所工人夜校当语文老师，同时是班主任。班上最小的学生好像是二十四岁，最大的四十多岁。

这让一些学生抓狂，同时，我第一节课很紧张，语无伦次。课后有一些学生马上要求撤换我。

还好我胆子大，抗压性也还行，师生关系很快融洽，课也慢慢受到学生欢迎。现在这方面我的能力已经退化，不太敢公开演讲了，当时面对五六十号成年人，可以扯一个小时呢。

我那时候开始在报纸发文章了。但都是垃圾，每篇文章都写得很痛苦。写作不痛苦的临界点到来，还在七年之后。

先说另一件事。

我当时一身臭毛病——当然，现在也有，不过少多了，这点请允许我自我表扬一下——同办公室有另一位大姐，也是语文老师，业务上要强，但是性情温和，很关照我，是真宽容。她那文静、漂亮、有礼貌的女儿，放学后就在办公室做作业。

这孩子早就有了孩子，现在也是我的读者，经常在公众号留言。昨天她的留言说到了自己不惧写作的临界点：开始写日记后。不少读者的经验相同，为什么？

因为日记是写给自己看的，没有不得少于八百字的要求，没有“政治正确”，可抱怨、可暗黑、可哭泣，甚至可色情。告别了虚假，当然提笔就写，一写就成。

这孩子自身的成长，造福了她的孩子，她在评论里写道：“我对孩子来说是一个好的倾听者，我很少去纠正她，就是听她想说什么是什么。上了小学，她的作文居然完全不成问题。”

这就是代际进化，你花十年得到的收获，你的孩子，几分钟就能得到。省下来的时间，他可以在更高处突破，至少，他不必受你当年不必受的苦。

二十七岁时，我在厦门一家报纸当评论员，产量很高，文风也比传统评论活泼，但我仍然写得不顺。人与文，还是隔着一层，就像穿着雨衣洗澡。

那年，王小波先生去世，是新闻热点。我后知后觉，补看了他所有的书，杂文看了多遍，才明白写作的道理：怎么想，怎么说，就怎么写，口语很美，要去发现。

顺着王小波的路线，又基本看全他的导师罗素的作品（数学论文实在是看不懂），罗素的文字也是聊天风格，平白，逻辑性强，偶尔逗你笑一下。

我终于突破了临界点。文字不是用来伪装和附和的，它是表达我真实的想法，这样自我对话才可形成，这才是它存在的意义。

家长越早意识到这点，孩子的弯路越少，即使学校作文教育是应试型的，家庭教育也可对冲，孩子不会受害。

也有不少人留言，孩子讲起来头头是道，可就是写不出来。

还有个技术，可以利用起来帮助孩子。

从说到写，有几个难度：一是速度变慢，脑子里的想法消退了，所以我只要一开始写，就一口气写完，不要在乎其中的细节，过后来补；二是生字多，孩子怕错字，注意力都在字上，全篇消失了；三是有些孩子确实有写作障碍。

有不少作家口述，秘书记录成文字，丘吉尔就是如此。可以借鉴这点。

现在手机都可以录音，可以把孩子的话先录下来，再让他整理成文字，障碍小很多。语音输入法更可直接转化成文字，他直接抄一遍即可。这不是偷懒，这是让写作更有趣，更容易上手，不妨一试。

愿你家的孩子，不仅慢慢变成性感青年，还有一手性感的文字。

人生就是不停面对试卷，而你什么都不会

曾经经过一个高考考场，看见完成高考的考生走出来，不少孩子表情木讷。

当时我脑子里闪过一个不那么正确的比喻：这就像一群在集中营关了十年的苦囚，牢狱大门忽然打开，无人看守，大家互相打气搀扶，慢慢往外走，不太敢相信自由突然到来。

恭喜，无论高考成绩如何，最苦的几年结束了。

这几年，老师家长的他律，是最严格的——你任何一点走神、懈怠都让他们神经过敏；你的自律，也是一生最严格的——你太困了，打了个盹，几秒以后猛然醒来，却以为错过了一百多个知识点，懊悔万分。

比例不低的人，将得“创伤后综合征”，一直到中年，都有个固定的噩梦：坐在高考考场里，面对试卷，突然发现自己什么也不会……

正因为高中这么苦，这个噩梦，我们就仅视其为噩梦，它的价

值，却一直没被人发现。

高考结束，上了个好大学，被视为学习的终结。你不难拿到大学文凭，你也能找个不错的工作。学习，始终是高中那种炼狱记忆。我已经掌握了很多知识，我已经能够养活自己，再也不必那么辛苦了。

但你下次做这个噩梦时，我建议你同时想想一位大人物对此梦的解释，来自乔布斯，他说：Stay hungry，stay foolish。

什么都不会，这状态让人害怕，这是 foolish，避之唯恐不及。那么苦地高考，就是为了不再 foolish，脑子里装满知识，满足了，不再 hungry。

这种感觉，这种追求，原来或许是对的：只要写好一篇文章，当状元，一生荣华富贵。从你生到你死，世界没有发生变化。

但是世界变了。我即使今天写篇状元级的文章，睡一觉，又得写明天的文章。你也一样，今天满足又聪明，明天也是 hungry，foolish。我们的一生，是前人的一百世，这是我们的艰苦，这也是我们的幸运。

未来学家凯文·凯利对新世界的描述是：它将所有人变成了菜鸟，世界上再无老鸟。新科技将无穷无尽地升级（一个手机应用的平均寿命还不到三十天）。

十年前的人，无法想象我们现在离不开移动互联网。我们现在也想不出十年后的我们将用什么新科技。

噩梦成真，从现在开始，人生就是不停面对试卷，而你什么都不会。

不过，我视之为美梦成真，每个人在这种新的生存状态下，都将产生出更大的创造力，你得迅速学习，答完面前的试卷，你的能力、财富与快乐，随之增加。然后，再次像个傻瓜一样，坐在下一张深奥的试卷面前。

人生不再是比拼某一次考试，高考很重要，但不再是终结，只是无尽考试中的一环。

欢迎来到新世界。

人生比拼的是学习能力，扔给你一张没听过没见过的新试卷，动用已有的所有资源，你能够最快学习新技能，你就是赢家。

保持学习能力，就成为一个人最重要的日常训练。经常去接触新知识，走出舒适的老鸟状态，在新知识面前，让自己保持笨拙的菜鸟状态，这像健身房里的深蹲与硬推，重复、无聊、辛苦，但你慢慢增加肌肉。

一只老鸟不死，就是因为它不停重生为菜鸟。

* * * * *

给刚刚高考完的孩子几点建议：

1. 你听到高考成绩，因为不符合你的预期，就开始哭。后来证明哭得太早了，在不知道成绩所处的位置时，哭和笑都没有坚实的基础，你还是上了自己想去的学校。就是真的失败了，也没必要哭。倒是很能确定，你以后一定会有失败的，每个人都是如此，人需要不停试错，才能学得新知，只有傻瓜才能逃避这个命运。日本的武士和欧洲的骑士，都希望自己输的时候、死的时候，能保持尊严。这两种职业，虽然早已消失，不过职业精神还很有价值，输，要输得有尊严。

2. 成功甚至不是人生的必需品。名和利，都是稀缺品，只能由少数人拥有。能得到当然不坏，可得不到也不必失落。你自己却近乎有自己百分之百的主权，你自己的感觉才是自己的必需品。

3. 不必成功不是说可以当猪，混吃等死。而是更专注于自己，这样无论在什么阶段，都不会和魔鬼签约。

4. 自己是个什么人，自己有什么潜力，自己处在什么位置才最舒服，这些需要永不停止的自我教育和自我对话才能找到。这个寻找的过程本身也是一种快乐，就像走迷宫，就像迷失在你没走过的小巷。漫游没有目标，也不是争第一，没有成功与失败之说，可它充满了乐趣，我觉得这才是比较适合人生的比喻。

5. 养成阅读的习惯。阅读是人类精神遗产唯一认可的继承方法。不阅读，人可以活得很简陋，从零开始，活到八十岁；阅读，可以活得很丰富，从零开始，活足五千岁。时间是有密度的，方法只有通过阅读。

6. 学好英语。无法好到当工作语言，至少基本的听说读写要过关。英语现在是世界语言，资讯及观点的富矿区，而且是一门不需要审核的语言，它是翅膀，想飞就得有。

7. 不求速成，不相信速成。一门手艺或学问，没有十来年的时间，可能很难精通，慢慢来，不跑得太快太累，也不停得太久太懒，有前行的节奏即可。

8. 保留自己的空间，再好的朋友都保持距离。无论看到多美多强的人，都别想成为第二个他。记住弗洛姆说的：每一个人都不应作为别人的复制品而生。自我生活的权利，这就是人格独立的意义。不要当跟班，更不要让别人当你的跟班。

9. 切忌只凭一句话、一些片断信息就下结论。尽量多地搜集信息，尽可能站在不同的立场想问题。嘴太快太杂，于公是毫无价值的噪音，于私是人人厌恶的八婆，眼神会浑浊，气质会变差。

10. 不要由于同龄人的喜好，或因从众而酗酒、嗑药，这样取得的暂时快乐要以清醒后的抑郁作为补偿，得不偿失。自然而然得到的快乐才是快乐。要敢于拒绝。敢拒绝才酷。

11. 每周至少要休息一天。

* * * * *

高考表面上是进入某所好大学改变自己的命运。但它最大的力量大多数人没有意识到：这可能是一生你唯一一次父母支持你出远门，无论你离好大学多远，考上了父母都欢欣鼓舞。这支持，将至少在大学时光持续。

绝大多数人一生的生活半径，不超过出生地一百公里，即使穷乡僻壤，你也会依赖它，产生外人看来不可思议的爱，所谓的狗不嫌家贫。这是出生带来的不公平，若非外力干扰，人的内在驱动往往不足以让他投奔陌生的他乡。

高考提供了机会，将你从故乡抽离至少整整四年，让你合法背叛。这四年，可能是你长得最快的四年，你的眼界打开了，你在大学未必能找到相伴一生的恋人，但是一定有终生信任的密友。你爱上了大学所在的城市，四年时间让你慢慢熟悉此地，或者将此地当成跳板，出发到更美更远的下一站。

你的力量长出之后，刚好可以对抗故乡的招呼。

大山沟，小县城，经济凋敝的故乡，此时收回了对你外出的支持。不少父母认为你该回家了，在当地考个公务员，次之则进国企，老老实实结婚生子，安度一生。这是当地人羡慕的生活，考大学不就图这个吗？

庆幸的是，你长成了逆子。大学已经告诉你，你这一生，不能退缩，你不属于无聊琐碎的生活，你得一直学习，一直征服，谁都不能拉扯你，父母也不能。

落后地区的大学，即使名头大，也不容易完成策反，你在当地待得很烦，故乡就显出了好。经济发达地区的大学，才是首选，当地的野心勃勃，当地的财富传奇，它们才是最好的辅导员，告诉你：留下来，这里才有你的机会，逃回家乡，不是大丈夫所为。

中国人的城市化，中国人的代际跃升，很多都是通过高考。孩子进入发达城市的大学，留在发达城市工作，就是老老实实买房供房，不知不觉，财富就是留在非发达地区发小的几倍十几倍，他们说不定还更勤奋。

当然，也有不少哭闹着把孩子拉回身边的父母，那挺可惜的，高中辛苦三年，大学放飞四年，所有努力，都化为泡影。

我最想对高考生说的话就是：填一所发达城市的大学，读完后留在发达城市。这才是你人生最重要的选择。大学读什么专业，老实说，并不是特别重要，你大学毕业后的工作，多半是要改行的。知道学习方法就行。

寻找滋养你的意义

孤单、无助、沮丧，这些情绪能杀掉你。

可是这些危险的情绪经常出现，低等动物没有这些情绪，作为万物尺度的人类，为什么反而要受它们折磨？人在漫长的进化中，遇到这些，到底是要提醒我们什么？

像你一样，我偶尔有这些情绪，某些日子，效率特别低。人窝在沙发里，阅读的速度特别慢，或索性沉溺于社交网络与游戏，此时的感觉，就像空中不停有沙尘落下，慢慢将自己淹埋。

此时，有个声音说，没事，今天就休息一下吧，一天不做事，也不会怎么样。

当然不能听它的。因为我知道听了就如放纵的宿醉，明天将迎来酒后抑郁。我的反应只有两个：一是冲到电脑前开始写一篇文章，不管那么多，先把脑子里出现的第一句写下；二是换上运动装备，去长跑。奇怪的是，这时写完的文章，自己却更满意；这时结束的长跑，也更 high。

当这成为规律时，我就想，孤单、无助、沮丧，这些情绪的作用，或许就是告诉自己，赶快跳起来，去寻找意义。没错！起跳之前是要下蹲的。

人的进步，慢镜头播放，可以看到一个新你从旧你的壳中走出。

一位读者听从我的建议，开始跑步，一个月之内，就从跑步小白进阶到完成一万米，一百天内瘦了十五斤。跑过步的人都知道，这是有跑步天赋的人，第一次完成一万米的时间来得特别快。

但是这个天赋，藏在体内，她不唤醒，或许一生也发现不了。

人的一生，会接受很多信号，不停告诉你：那个更新、更好的你就藏在你的身上，快找到意义，去叫醒他！这信号像氧气、蛋白质与微量元素一样，是人体的必需品，甚至延伸至生命最后。

我记得一个案例：美国一位老先生，因为深爱多年的伴侣去世，陷入抑郁，家人想尽办法，情况也无法改善，只好把他送进一家老年生活辅助中心，求助于医生。

幸好，这名医生有改革精神，没有像其他医生一样说：老人家嘛，都这样，没办法的事。

他试着用了一个简单的办法，把一只小狗送进老先生的房间，麻烦他照顾。绝望地躺在床上的老先生不情愿地答应了。

我要照顾一只小狗——这任务改变了老先生的生活，他起床了，他按时遛狗了，不久以后，他的精神就恢复了正常。

做人有意思的地方就在于，你在任何时候，都知道有一个更新的你在等着你，即使在你垂死阶段。发现生命的意义，这游戏，可以玩一生。

愿你在爱中成长

无论你多牛，在爱你的人面前，还是脱下盔甲，
错了就认，他不会像陌生人一样攻击你的弱点。

人生的火种藏在远方

你的人生需要点燃。不过，火种藏在远方。

没有找到火种，那命运就如受潮的烟花，本应绽放在天空的鲜花，变成垃圾桶里的一坨废物。

我们的祖先很强大，以当时的技术条件，他们每一次远行告别，都像是临终告别，进京赶考、外出求财，回不了家的风险都不小。相比较当时人们一生的活动半径，他们远行的压力，相当于我们现在的星际旅行吧？

难怪他们离别的诗词特别动情。

神话，或英雄成长的原型，由三部分组成：壮志凌云者，漫长的征程，成功。

《西游记》可以这么分解：唐僧师徒，八十一难，成佛。

没有远行，没有征程上的磨难，所谓的壮志凌云者，不过是空想者、炮客，任何一个酒吧，每晚都坐了几十个。

有个短篇故事，两分钟告诉你征途的必要。

有个人，连续一个月做相同的梦：在两千里以外异邦某城某地，地下十米，埋着世上最大的钻石。

他觉得这是指引，出发、骑马、乘船，在驼峰上走出沙漠，又险些冻死在雪山。最后果然发现与梦境一模一样的地方，他往下挖了十米。

什么也没有。

围观群众知情后哈哈大笑：这个傻蛋，我们整村人做了几代相同的梦，说是两千里以外的某地，在某棵树下十米，埋着世上最大的钻石，幸好，我们没有一个人像你这么蠢。

这个蠢人，默默收拾行囊，回到自己家乡。

他来到屋后山坡的一棵树下，往下挖了十米，拿到了世上最大的那颗钻石。两千里外整座村庄世代梦想的地方，就在他家后山。

没有远征，就没有发现、没有价值。

现代人的远征是幸福的，坐不起头等舱，已是最大悲哀。这悲哀当然不足以写出深情的诗歌。

地球上再远的两个点之人，几天之内，都能见面。

现在有雄心的人，是幸运的，他们远行的成本太低了。就是到地球的另一端学习、工作、生活，成佛成祖的代价，没有妖怪折磨，只是飞机晚点。

远行没有技术上的难度，所有难度只是观念上的。

很聪明、有雄心，这样的孩子不少，他们挖到自己大钻石的方法论在两千里以外。天生大胆的，极少数，孙悟空只有一个，大多数人的意志力和观念，还很模糊，甚至害怕离开舒适区。猪八戒是多数，没有鼓励，只想留在高老庄。此时，对他们有影响力的师长，主要是父母，其差距就是孩子一生的差距。

父母在，不远游，不远嫁。这类唠叨如果从你嘴里发出，那只能很遗憾地告诉你，你的格局影响了孩子的格局。他加速成长，他打开视野，他享受你不理解的快乐——这一切，都让你觉得控制不了他，你不再是你孩子的朋友，你变成他的杀手，你杀死他所有远行的梦想。这样，你才能永远照顾他，埋怨他没出息，一直当他的主人，他就是你养的狗。

你若拥有这样的父母——这概率不低——不要被这种唠叨打击，也不要期待他们观念改变，你只需知道，这些话语于你有毒，不要吞下，左耳进，右耳一定要出。要当成别人放了个响屁，大声抗议，没有必要；猛嗅几口，以示恭维，更无必要。

你意识到他们错了，这是观念上巨大的飞跃。

你若不是这样的父母，那真是恭喜，你活得轻松，孩子也活得轻松。每一代人都在拓宽生存与观念的边界，父母视孩子为接力棒的下一个选手，交棒后就不管了，比起那些代替孩子跑的人，你们必然是进化的胜利者。

告别、远行、犯错、冒险，这是每一个人成长的元素，贯穿一生，非如此无法成长。

你想远行，你的孩子想远行，这是成长的关键节点，是烟花正要点燃，是引擎正要打火，禁止这一刻，再好的跑车，也成废铁。

* * * * *

不出意外的话，你往往和父辈相似，从长相到观念。

父辈出色，倒没什么可抱怨的，你还担心自己不像他们呢；但是你害怕的，是疾病会遗传到你身上，是他们可怕的错误观念将统治你的生活，此时，你希望自己不像他们。

这就是成长的艰难。你憎恨父亲的暴躁，但你却成为暴躁的父亲；你不喜欢抠门的母亲，但你还是不得不长成一个抠门的女人。反对者，将和压迫者共享一个模式。

所以阶层上升是很艰难的，因为你被框在父辈的观念里。大家同遭不幸，恢复高考后，知识分子家庭的孩子，一定最早离开插队的农村，因为父辈教会了他们怎么读书；同样面对开放的市场，资本家的孩子，更早发财也是必然，他们的父辈给了财商财技。

阶层的上升，不是缺少门径，而是缺少新观念的来源。甚至拯救你的新观念到来之时，你反而恐惧、排斥。

你需要意外。需要突然的第一推动，推你离开老路。

宇宙大爆炸，是意外；

地球的形成，是意外；

生命的出现，是意外；

第一朵花的出现，是意外；

恐龙的灭绝，是意外；

人类智能的发展，是意外；

发现新大陆，是意外；

你和你爱的那个人，第一次见面，也是意外；

伟大公司的出现，变革技术的发明，也是意外。

意外是设计不出来的，人类可以说是等着意外拯救的物种，没有新刺激，就慢慢衰退，所有东西都是已知，创新精神就熄灭。

庆幸的是，人类的基数足够大，超过了七十亿人，寿命也越来越长，借助网络，他们终将联结成网。某个意外诞生的天才，某个意外改变世界的想法，可以迅速复制，全人类可以站在天才的肩膀上。

天才、杰出的发明，即使只有七十亿分之一的概率，纯粹意外，每年发生一次，人类就可以跳跃着前进了。

回归到个人。你的生活中，如果没有意外，而是极稳定的生活，那意味着你告别了改变。

为什么市场创造了财富与新知？因为时刻发生意外，你甚至不知道哪一个陌生人和你产生交易，每一次交易，都改善双方的处境，都增加双方的见识。

人本质上应该像冒险家、航海家、登月者一样，追求意外的发生，渴望见到陌生的时空。丧失这种冲动，害怕意外，人就开始退化。

意外的成本并不需要多高。就是所谓的碎片式阅读，人人看看手机，都大大增加意外的发生率：你能沉浸到全球的信息流，时刻改造自己的大脑。

你旅行，你阅读，你移居到人口更多的地方，到陌生的城市读大学——这些都在增加意外，都有可能找到推动力，将人从旧有的观念中拉出。

你终于可以等到意外，让你和父辈不那么像。改变，就这样开始发生了。

* * * * *

孩子与老人，是人生的两极，他们的口头禅也两极分化。

孩子最爱说：我要出去玩！

老人最爱说：要经常回家！

没有谁对谁错，这是人处于不同阶段的本能反应。

代表未来的孩子，倾向于远游、探险、学习，总要飞到更大的陌生时空；代表过去的老人，倾向于回归、避险、回忆，总要躲回更小的熟悉时空。

老年的状态并不可怕，只要不用它强迫孩子。忙碌了一生，在温暖的、坐了半辈子的沙发上享受一杯烈酒，听一首老歌，其中有诗、有爱、有成就。

连李宗盛这种高手，年纪增长，也写了《山丘》，多少有点人生易逝、期盼成空的落寞：越过山丘，才发现无人等候……

爱听这首歌，并不说明你的人生完蛋了（我写这文章时正在听），而是告诉自己，是时候要像个孩子一样，出去玩一玩。因为孩子的状态才代表未来，不老的人，是因为童心未泯。正如现在很多人乐于嘲笑特朗普的率性、不成熟，却不知道，这正是他的魅力与动力所在：其他老人家早退休了，他却开始了新职业。

所以，当你的孩子对你说：我要出去玩！你不要烦，你要知道，这是他在启发你，这是他给你的礼物。不仅要让他去玩，还要拿起车钥匙，和他一起去更远、更野、更高的地方玩。

人类社会，无论在哪里，都会把资源更多放在孩子身上，这是本能，是基因设置，也是短暂生命与永恒时光共舞的方式。你对学区房不陌生吧？何时听过有人炒养老房？

你一定希望你的孩子比你强。即使你还不知道方法论，甚至你的方法是错的，可你的本能必然如此希望。

正确的方法是什么？

作为父母，你要知道自己必有局限。可能对自己的生活满意，对环境熟悉，他乡总不如故乡，当孩子要去玩、要远行，认为美景在天际之外，你愤怒、不满与哀愁，你说，这么美，你离开就是背叛。

我称这种父母为山谷父母，他们活在一个小小的、美丽的山谷里，安全、熟悉，害怕山谷之外的一切。父母像看守，切断孩子的企图，让自己的害怕在孩子的心里回响。最后一般都能达到目的，孩子是父母塑造的，这些孩子最后也以为山谷就是世界的中心，这样完成了退化，因为孩子的见识比父母少。

没见过世界的孩子，世界也不认识他。

人的大脑，运算能力极强，有人估计，保守是 14000G/ 秒的处理速度。不喂大量的新鲜资讯，这个最重要的器官就浪费了，人也就失去了价值。

孩子的进化，是父母的进化。要当山顶父母，自己爬到最高，然后只是提供平台；站在山顶的孩子，离星空更近，也看见更远的地平线，在已知之外，有更多的未知。

那些未知的世界，才是属于孩子的，你带他们到山顶，再让他坐在你的肩上，这就是你努力的高度：孩子，我带你看见，你要到达，你要去征服。

见过世界的孩子，世界将等候、欢迎他。

他不怕黑，是因为你在漆黑的夜晚带他看过最亮的星星；

他更有主见，是因为你带他发现过的世界比课堂大很多；

他更爱问为什么，是因为你为他打开了好奇的大门；

看过世界的孩子，更强大。

爱的第一原则

人是害怕选择的，有了三个以上选项，有人反而会失去主见。

可是长则一生，短则一日，都要面临诸多选择，该怎么做呢?

有个年轻人，我很喜欢，也有天分，她的一件设计作品，理念与导师发生冲突，互不让步。最后导师放下话:要么按我意思改，要么挂科。

是要坚持自己的艺术主张，还是屈从于导师的霸权？导师应该容忍学生的反抗，还是要维护自己的尊严？年轻人是要不惧权威，还是要学会妥协？这又可细分出不少选择，每个选择都令人痛苦。

她问我怎么办。

不要怕选择多，找到选择的第一原则就行:读大学，最重要是拿到毕业证书，这听起来俗气，却是99.9%的学生不能违抗的。同意这条第一原则，选择就好做了:委屈自己，按导师的要求改，不挂科，才能拿到毕业证书。

毕业后，能量大了，自然可以在设计中张扬自己的风格。

你明天的日程表上有十件事，每件都得做，我问你哪一件可以舍弃，你想必很为难，哪一件不做，影响都很大。

换个问法，设定一个第一原则：一天只能做一件事。你很快就能找到最重要的那件事。比如你明天心脏病发，肯定马上去医院急救，它虽然不在计划之内，你也会取消其他一切安排。

当然，不是所有选择都像心脏病发一样，替你做了选择，大多数时候，你得问自己：此事的第一原则是什么？

比如很多父母希望孩子爱自己，这是极其正当的需求。但是爱这种东西无法琢磨，父母似乎也承受不了孩子不爱自己。金钱、时间与精力，投入这么大，孩子不爱自己，理论上是可以索回十八岁以后所有的抚养费用，操作难度却太大，而且当时并没有签下合约。

在失爱的恐惧下，出现了各种流派：

1. 自我牺牲派，父母丧失自我，放弃一切追求，为孩子奉献一切；

2. 暴力派，利用孩子从小的弱势，运用各种冷热暴力，让孩子只能顺从；

3. 舆论派，除了自己当唐僧，不停念叨，还运用家族舆论，极端者甚至向媒体控诉自己的孩子；

4. 恐怖分子派，以自己作为人质，以自伤自残自杀的方式，胁迫孩子。

得逞的人很多，人毕竟是脆弱的，尤其是年轻人，你折磨他几年，他也废了，不得不被你捆绑。但是，他仍然不会爱你，他是住在你身边的陌生人，甚至连陌生人都不如，他憎恨你，他认为你谋杀了他的人生。

而你知道爱的第一原则时，再恐惧，你都不会做出上述选择。

爱的第一原则是：爱是自愿的，强迫无法得到爱。

知道这条第一原则的人，将放弃全部强迫选项，接受孩子有可能不爱自己的结局。朋友反目、爱人陌路，这些都可以接受，自己不是孩子爱的人，这个风险，在生孩子时就得接受。

有趣的是，不强迫孩子爱自己的父母，恰恰是孩子最爱的那类父母。

这不奇怪，遵守第一原则的人，就是做出最正确选择的人，是最可能达成目标的人。

愿你，愿我们，都知道，并且实践爱的第一原则。

用过的东西，要恢复原样

美国曾有心理学家对数百个家庭进行长时间跟踪调查，寻找决定孩子成才的关键因素。

这些家庭分布于各个阶层，最后的结果是，教育只分为两种，一种是成功的，一种是不成功的——保持冷静，不要摔书，待我细说。

成功的教育，孩子自信，善于与成年人交流，不恐惧权威，他们有更多目光交流。不成功的教育，孩子羞涩，唯成年人与权威是从，他们往往躲避目光交流——当然，这只是统计学上的表述，在现实中，一定存在天性羞涩但自信的孩子。这段话的意思只是说，父母的教育在孩子的成长中起了很关键的作用。

我有些朋友，受教育水准很高，高考状元都有不少，也有些朋友（或观察对象）受教育水准低，他们对孩子的教育方法也截然不同。

受教育水准高的，普遍更放松，这跟他们体会过读书规律有关，强求不来，该说的道理会说，孩子成不了学霸，也不会太在乎。相反，本身不会读书的，反而更有种匪夷所思的高要求，自己当年做不到的，命令孩子必须做到，违反规律的结果是孩子的竞争力变弱。

孩子的理解力是有限的，只有水准够的父母，才能化繁为简，说他们听得懂的话，水准不够，只能骂和打了。我们很多写给孩子的守则和规章，没有合格的，要么是雄壮的宣传话语，要么是哲学家沉思的话题。

有条教育孩子应当遵守的原则，我成年以后才看到，相当震撼：用过的东西，要恢复原样。然后看看身边的人，大多数是做不好的：别人理顺的资料，看过还给别人是混乱的；用了朋友的车，不洗干净，不加油；再干净的洗手间，他用过后就如扔过一颗炸弹……这些让同事朋友憎恨、大大减分的恶习，父母反而教得少，认为是无关紧要的细节。

我有位朋友，甚至应用这点来甄别人才：那些总能保持整洁与秩序的，不给人增加麻烦的，有耐心做“烦琐”之事的，往往是可用之才；与之相反，一团混乱的，尤其是把别人的资料与办公桌搞得一团混乱的，往往是团队里的毒瘤，有再好的文凭，说再美的话语，最好都保持怀疑。事实证明这条标准很有效。

我很好奇：你怎么知道这条具体实用的标准？《哈佛商业评论》推荐过？

“不，小时候父母告诉过我。”

谈恋爱就是找到气味相投的另一个

如果你来到南方，建议你尝尝番石榴。你有可能很喜欢，也有可能很讨厌。

我在南方，尝试了多次，才在多年以后喜欢上番石榴。吃到又甜又糯的极品，足以回味数天。你有可能尝试数次，仍然不喜欢，番石榴那股独特的味道，对有些人来说，永远接受不了，像无法接受芫荽。

我在趋近番石榴的过程中，番石榴没有做任何改变，它还是保留自己的气味。直到有一天，我忽然接受了，觉得香。这种过程可以视为观念传播的寓言。

正确的观念传播得越广越好。人是由观念驱动的，你有正确的观念，未必有正确的行动，但你有错误的观念，行动一般就是错的。比如，人是自己身体的主人，这一观念普及，奴隶制就没有存在的基础，哪怕它原来相当流行。

但人无法强迫他人正确，往往你越想改变他人，他人越反感。

想改变朋友，想改变家人，想改变无数人——这种拯救冲动，为无数人带来焦虑，达不到目的，便生怨恨。

不如像一颗番石榴，你的责任就是变甜变糯，不改变气味，不因为你有营养，强行塞进别人嘴里，你只能等别人喜欢你，轻轻咬你一口。

人为什么需要恋爱？那就是找气味相投的人，找观念相当的人，像一个番石榴嗜好者爱一粒番石榴，这样才能去掉“改造他人”的焦虑。有人认为恋爱是改造，这是大错特错，既轻易接纳观念不同者，又把家庭建成了监狱，以悲剧收场的居多。

你可试试番石榴，多试几次也无妨，如果最后还是喜欢苹果，那就该和苹果结婚，千万不能勉强和番石榴成亲，婚后又拼命逼它变成苹果。交朋友的原理也相同。

多数烦恼都是自找的。

* * * * *

恋爱要从有好感开始，你讨人喜欢，那恋爱的机会就多，脱单概率就大。

高富帅，这基本天注定。而大多数人是普通人，讨人喜欢，是后天可以训练的技能，人人做得到，多数恋爱，只要你赢过身边的普通人即可。

没什么高难度动作，你今天看了，明天就做得到。

干净。据说，内裤穿三天以上的人，不在少数。你真有艳遇，自己都不好意思脱衣服。只要出门，内裤、T 恤（或衬衫）全换上干净的，当然，换之前，洗个澡。干净的人，清爽，让人觉得有自然的香味。另外，别太省，内裤不要穿到破，上面全是洞，根本看不出原来是什么颜色。

做好口腔及鼻腔卫生。剪掉太长的鼻毛。用牙线或齿缝刷清理食物残渣，单靠牙刷，无法彻底清洁口腔。有人口气很重，往往是因为长期积存的食物残渣在齿间腐烂。我个人推荐齿缝刷，比牙线好用，它是你使用一次就无法放弃的工具。

别占人便宜。贪小便宜是最坏的个人广告，与同事、朋友和陌生人的交往中，绝不要贪小便宜。你得了十块八块，乐开了花，旁边的观众是不可能成为你潜在约会对象的。

别太爱讨好别人。缺爱的人，容易讨好他人，无节制地耗费自己的时间、精力及金钱，以满足他人的需求。除了人，没有任何动物会犯这种错误。这样的后果是，你身边慢慢聚集着只想占你便宜的人，真爱你的人，反而得不到你关注，只好默默离开。

不爱辩论。只要你有耐心听，很容易在没有冲突的情形下得知对方的三观，大体合适，待在一起则愉快。强迫症患者、暴君型人物、唯我独尊者，有不停地纠正他人的习惯，没人喜欢这种人。聚会中有个这种人物，其他人恨不得早点散伙，怎么会和他恋爱？

切忌自我中心。别把交谈变成自己的秀场：我很牛、我很有钱、美国前总统克林顿是我朋友、我肌肉好发达、暗恋我的人真多……恋爱是欣赏别人，不是逼别人欣赏你。

不要太宅。宅，是我这种成家男人的特权。人与人交流，绝大多数信息是通过表情、体态、眼神、暗示、第六感等方式完成的。宅在家里，学不会这些。

要有工作。成年人，无法养活自己，亲爹亲妈才有耐心爱你。

好了，准备约会吧。

十八岁之性原则

收到一位姑娘的留言："女生的第一次到底该给谁？和男友交往还没到一个月，他就向我要了好多次，我们都十八岁。我很怕以后的老公会介意我不是处女，更怕会怀孕，也怕被同学瞧不起。我真的很困惑……其实挺怕因为一直拒绝他，他就会离开我。"

关于性，在十八岁时——早些更好——这些原则是应该知道的：

身体成熟后，对性好奇与追求，这很自然，是人的本能，不脏、不下流、不可怕。

恋人牵手、亲吻、拥抱，这些也是性的一部分。绝大多数人已经不反感十八岁的恋人做这些了，但对性爱，还是很恐惧。父母与老师总认为，只要回避这个话题，它就不存在，甚至以为采取恐吓法，能够压制孩子的欲望。

我有个朋友，女儿读高中时，他深感性教育缺乏的危害，将一些性常识告知女儿，女儿问他：你难道希望我有性行为？（这也是很多人的神逻辑：了解性知识等同于鼓励性行为）这位爸爸说：不是，只是让你的性行为到来时，不至于惊慌失措。想当负责任的父母，该向这位爸爸学习。

了解人的身体、感受、欲望，这是应该做的功课。

身体处于欲望最强烈的时期，但又一无所知——此时发生性行为，短暂的满足后，后果很难处理，尤其是女生，心理压力更大。不幸怀孕，不知处理，不敢求助，无钱、无力、无知，身体可能将处于风险之中。

不是每次性行为都会怀孕，但第一次冒险成功后，会有第二次、第三次，总会中彩的。所以，性行为铁的纪律是：必须使用安全套。男生在没有安全套的前提下，千万不要勉强女生。

身体是自己的，性也是自己的。作为成年人，你想要满足自己的身体，你想要性，这都是你的自主选择，而不是你送给男人的礼物。

性爱不是绑住男人的手段，有过性经验的女人也并非不“干净”。如果你认为你的性器官、你的性行为，它的主权属于某个男人，那将使自己处于被动的二等人地位：和你发生过性行为的男人，天然就能控制你，他再坏、再笨、再弱，你都不敢离开他。

人与人的区别很大。有人会因为你不是处女嫌弃你，你不够漂亮，不够有钱，不够高，你爹妈不够有钱，你没有生儿子，你逐渐衰老，这些都能够成为别人嫌弃你的理由。只有你爱自己，并依靠自己，才有欣赏你的人来爱你。

一次恋爱的结束，很正常，即使你们发生了性行为。若不以平常心对待，你的痛苦、恐慌都会放大，你或许情绪激烈地自毁，或许将随便找个人结婚生子。淡定一点，失恋之后三个月，慎作决定。三个月后呢？那时你可能有个新恋人了。

十八岁以后的十来年，你要恋爱、读大学、学技能，有第一份工作，并在工作上精进，你可能会成家，并生孩子，你希望赚更多的钱。环环相扣，要做的事很多。这时最重要的是情绪平稳，成长系统不被破坏，大起大落、大悲大喜，不利于人生。

享受恋爱，性爱之前慎重考虑，你不属于他人，使用安全套。这是平稳安全的爱之系统。

分手须知

你极可能经历分手。

一次恋爱，即为夫妻，然后白头到老。这事概率太低，人生经历多次恋爱，或者一次以上婚姻，反而常见。

怎么分手，是爱情中必须学会的技能，不掌握，则可能一次痛苦贯穿一生。

我建议掌握这几条分手技能：

女性更要学会分手。这是由女性的生理特征决定的。女性三十岁后过了最佳生育期，若非坚定的丁克，不善于分手者，一拖就过了三十岁，恐慌累积，失去平常心，很容易失去原则，草率嫁人。草率是不幸的源头。

你一般是和一个好人分手。分手的原因很多：三观实在难协调，与对方家庭冲突太大，无法保证待在一起，甚至仅仅是因为对方不够专心，你的爱消失了，想到他不再甜蜜，而是不耐烦、冷漠和厌恶，这些都足以分手。若要等到对方变成一个彻底的坏人，你一点没有留恋的成分，那是分不了手的，因为世上并无彻底的坏人。

分手不是贬低自己。分手没面子，分手不就证明我当初瞎了狗眼？这心理让人犹豫。人都在成长，尤其是恋爱中的年轻人，你们可能方向不一，在旅途分岔口各选一条路走，两条路各有风景，但你们只得分手。分手是成长的一部分。最坏的情况，你意识到当初“瞎了狗眼”，不正说明你今天睁开了“狗眼”，有了更好的视力？分手是有勇气的证明。

有负面情绪是正常的。分手几乎都不开心，尤其是被分手的。痛苦、后悔、哭泣、愤恨，都是正常的情绪反应，这有点像戒烟，开始也难受,但绝不证明重新抽烟是必需的。分手比戒烟容易一点，三个月后，情绪就平复了。

分得干净一点。分手后再当好友或闺密，是最危险的。你很难开始新恋情，也会败坏新恋情，一有点委屈，你就跑回旧爱那里找温暖。这不是分手，这是各自降格为对方的小三。分手后，最好不闻不问，不管不顾，互不干扰。

分手需要许多恋爱练习，所以人要早恋爱，多恋爱，这样你才能了解自己的感情，了解爱。恋爱是人生的一部分，它不是学习与工作的敌人。许多家长认为，孩子老老实实读到大学毕业，然后找个人第一次恋爱、结婚、生子，多好！——唯一的可能是这些家长本身不知爱为何物，所以为孩子设置了一条错误的路径。

去恋爱吧。不要怕分手，分手证明你恋爱过。

* * * * *

会爱的前提是会恨。

这听起来很矛盾。不过，你观察一个小男孩，他爱一个小女孩时，往往体现为故意去招惹、欺负这个小女孩。他还不懂表达爱，或者害羞、害怕去表达，只好用另一种方式吸引意中人。

我要让你恨我，因为我爱你。这是本能的、童稚的做法。别以为你成年了，吻也接了，爱也做了，就摆脱了这原型。

在爱情当中，你仍然要时时面对恨，而且经常因为不会恨，所以失去了爱。

恩爱甜蜜地白头到老，其中的挑战也是恨。你们争吵时、冷战时，需要克制“我要掐死你！”的恶劣感觉，局部的、暂时的恨是有的，人毕竟是情绪动物。会爱的情人们，他们能够告诉自己：“这次轮到我主动伸出橄榄枝了！”“是时候重归和平了！”他们不会无穷无尽地怄气、闹事，将暂时的恨转变成不可逆的恨。

只经历一次恋爱的人，是极少数。这意味着，恋爱失败是普遍经历，这时候的恨（尤其是被分手的）更难把握。走不出来的，有不少，他们属于被一次错误恋爱击溃一生的人。

不化解的恨，比爱更持久，再过十年二十年，你或许忘了前任的模样，但恨仍像早上的新刀口一样锐利。你成为唯一的受害者，因为恨的荆棘占据了情绪，所以爱的百合无法生长，你甚至将新人当成旧人的替身来恨，习惯了这样的口头禅：男人都是坏种！或，女人没一个好东西！

我不建议你压抑分手时伤感（甚至是仇恨）的情绪，刻意表现出宽容、平和，“你左脸打完了吗？我还有右脸”。悲伤与愤怒，恨不得甩你的人马上死掉，这都是人之常情。它们在刚分手时很浓烈，可能持续三五个月，然后慢慢淡掉。

我的建议是，淡了是正常的，不要培育这种恨，淡了又重新上色。你最后将以折磨自己、让自己过不好的方式恨别人，你其实是恨自己。

失恋的理由无非三种：我配不上你的好；你配不上我的好；我们都很好，可是不合拍。它们背后都是成长故事，丢失玩具的孩子伤心，离开校园的毕业生伤心，失恋更难免伤心。伤心完，是新的开始。

无论哪种理由的失恋，过得更好，是唯一合理的选择，是最有效率的人生。这样，恨可以消解，爱能够生长。

好比小学有个校园流氓，老是欺负你，是你的噩梦，你恨不得有外星人掳走他。转眼二十年过去，你从剑桥毕业，现在年薪两百万，而当年的小流氓因为抢劫，刚坐完牢，就是跪在面前求你打他，你也不屑啊，因为你很贵，划不来碰这种人。

希望你现在很贵，希望你越来越贵。

这“贵”不单纯体现在身家与收入，你甚至可以不需要阔。它有个标准，你现在对前任写一句话，恨意很淡了，没有恨了，能从那段时光中看到自己站起来的样子，那他和时光之河中的其他事物一样，成就了现在的你。而你，喜欢现在的自己，期待未来的自己。

女追男的五个误区

我支持女追男，理由很简单：你连爱情都不敢追，胆子留来做什么呢？

支持女追男，不意味着男追女不对，男追女应该还是多数，男性求偶总是比较主动的。

当你很喜欢的男生出现在你面前时，你要知道，好男生与好女生一样，是稀缺的，你喜欢他，也有一堆女生喜欢他。

误区一，爱情是爱一个人。不，爱情是爱一类人，只要满足标准，都有可能成为最后的胜出者。这意味着，你即使再优秀，你也不是唯一值得爱的，你主动，等于在竞争中领先。

误区二，女追男让女性显得掉价。你是主动出击者，这明显得涨价。事实上，在爱情中主动，这似乎一直是男性的特权，自觉维护这特权的女生，才是自甘低男性一等。

误区三，女追男会让男性为所欲为。他会认为你该满足他的一切要求，他会要挟你，你这分钟表白，他下一分钟就要和你上床——

如果你也有此意，当然没问题；你无意，或没做好准备，当然一样可以拒绝。追求不是丧失立场，如果你一追求某个男生，立刻让他变成禽兽，那证明你看走眼了，拒绝他，不再爱他，刚好有依据。

误区四，女追男一定要成功。我一个女生，追求男生，容易嘛？这么辛苦，所以男生必须答应！不管他怎么拒绝，我就死缠烂打。这等于把追求他人当成资本，单方面宣布订婚。这让人害怕，因为显示你是一个不讲道理的痴婆子，和痴汉一样，神经病。

被人拒绝，确实有点难受，不过，谁能避免被拒绝呢？被拒绝是生活的常态，天天发生，求爱被拒，也不是什么大不了的事。

事实上，对方不爱你，明确拒绝是好事。

这可破除误区五，暧昧保持了可能性。你看，因为我没有表白，我还有希望。男性多占异性是生物本能，有个人甘愿当备胎，多数人求之不得，你的希望不过是浪费时间，你越陷越深，他却可以更加从容地寻找更喜欢的配偶。

明确拒绝你，断了念想，你很快能够爱上另一个人。你爱的也是一类人，走了一个，就会出现另外一个。

爱情是沟通的结果，爱情也存在概率。你让男生追你，你也不怕追求男生，比不敢主动的女生，沟通多了一倍，成功率自然相应提升。

别怕被拒绝，只是不适合而已，甚至，只是他没眼光欣赏你的美。

敢表白，敢主动，本身就是力量的象征。

在爱你的人面前脱下盔甲

亲密关系（包括爱情），有个定义特别有趣：它是展现脆弱的能力，它需要冒险彼此坦陈最深的感觉、渴望和思想。

一对相爱的人，在家议论人与事，如果直播出来，估计很难活下去。在最信任的人面前，你毫不防备，也不会精心准备，极端的观点、有漏洞的话语，可能比比皆是。

换个角度想，如果在恋爱中，你充满了防备，每讲一句话，都得想：这句话传出去，会怎样呢？那可以明确，你没有爱。有人跟你说话面面俱到，像败选演说一样，那说明他并不爱你，也不信任你。

上面提到亲密关系的定义，源于美国作家约翰·布雷萧。他四十岁时，有天突然情绪失控，冲着老婆孩子大发雷霆后，离家出走。孤单地窝在酒店，经过系统哲学与心理学教育的他，忽然意识到，这是他心中“受虐小孩”在起作用。

年幼时，他深感被酗酒的父亲抛弃，但又不敢表达对父母的不满，于是采取“愤怒逃离”的策略。无人让他信任，这个“受虐小孩”一直没有成长，在心中操控他，人到中年，他下意识以同样的策略惩罚妻儿。他因此触动写的书，相当畅销，帮助了不少人。

想到这件事，是因为有位姑娘在后台留言，说是刚订婚的男友提了要求：“两人意见相同时听你的，两人意见不同时听我的。”——这句话的意思是“一切得听我的”，因为两人意见相同，听谁的并不重要。同意相当于甘愿为奴，姑娘为此争执了两个多小时，精疲力竭仍无共识。

“受虐小孩”的症状之一是防备心极重，喜欢“绝对正确”，任何事都要争赢，豆花他吃咸的，你不能喜欢甜的。

但愿这位姑娘的男友是中国的约翰·布雷萧，有自省力，否则婚姻很辛苦。他再帅再有钱，时间长了也无法忍受。

无论你多牛，在爱你的人面前，还是脱下盔甲，错了就认，他不会像陌生人一样攻击你的弱点。无理争三分，不赢就抓狂，那还是孤单的“受虐小孩”，你不爱人，人难爱你。

* * * * *

了解你自己。这是人一生的课题。

人又很难了解自己。本能地，人珍惜自己的所有，包括缺陷、偏见与偏执。为了避免羞愧感与负罪感，人总在不停地躲避，拒绝改变自己。

人应该感谢爱情。为了追逐爱情，人开始学习用他人的眼光看自己：他喜欢我这样吗？这样会伤害他吗？怎样才能让他活得更好？他对我有何期许？有了新的视角，你比较容易看到自己的不足。

人会在爱中成长。如果你一直得不到爱，或者爱人总是离你而去，很大的可能，是你一直没有成长。不成长，体现为你不愿为爱改变自己，你甚至意识不到应该改变自己。

有个判断说得好：我们潜意识的一些偏执，一些伤害性的行为模式，它们是不会变的，将在你的一生中不停重复，除非你意识到，它们的力量才会逐渐变弱。

你看不清楚潜意识里那个不愿长大的小孩，你只能任由它毁掉你的爱情。

你没有点石成金的本事，人们也不是生活在伊甸园，所以总会有不满，总会有挫败，此时，才是考验爱情的时候。

低端的、明显的不成长，开始责怪对方：我有任何需求，你都应该满足我，否则，你就是不爱我！从青年到老年，这责怪将一直重复，对方只是另一个必须无条件溺爱你的母亲（或父亲）。

高端的、潜在的不成长，开始责怪一切美好的事情：我看破一切。生命很重要？人都会死的！钱很重要？它让人堕落！漂亮的姑娘养眼吧？一定很淫荡！人生应该有规划？那样太累！让我们保持健康吧？意外天天有，说不定明天就死了！

美好的、明亮的、快乐的、富足的，它们都不存在，它们即使存在也毫无价值，我轻视它们，我才不想得到它们，呸，呸，呸。

小男孩追求小女孩不成功，他然后开始说小女孩的坏话，然后开心起来，我才不应该追求她呢。这种安慰自己失望情绪的策略，将不停跳出来安慰软弱的你、无能的你。这样的一生，多么无趣啊。

自己无趣倒也罢了，还让那个爱你的人也灰心丧气，他身上的光芒慢慢熄灭。你关掉了灯，说，你看吧，一切都是黑的。

人最应该做的事，就是在爱中成长。

因为我爱你，所以我愿意为你改变。

爱的回报率很高

我被问得最多的问题是：连岳，你十多年主持情感专栏，那么多伤心的故事，你听了会不会很绝望？

作为一个理性乐观派，我其实是越来越开心的，也觉得中国人现在最有希望，包括感情在内。大家在现实中，不难看到失败的感情，但是大家仍然在恋爱、成家，相约度过一生。人真是有勇气的动物，爱也真是令人难以割舍。

还有，某件事至少有 70% 的成功率，那已经很值得投入了。

在德州扑克这个概率与心理游戏中，起手 AA 是最大的牌，胜率是多少？面对 9 个对手时为 31.12%，面对 6 个对手时为 43.57%，最好的策略就是 all in，但就算吓得只剩下一个对手，你的胜率也只有 85.21%。

起手再好的牌，一点错误也不犯，都有可能输光。所以，开始时再完美的恋爱与婚姻，你没犯什么大错，最后也有可能失败。这是没办法改变的事，不接受这个风险，硬要 100% 成功，是心智不熟、勇气不足的标志，婚姻失败率反而特别高。

当然，更重要的认知是，离婚可能是婚姻的失败，但离婚是人生的修正，结束错误的婚姻，止损了，人生才可能重新开始。

可以离的婚姻并不可怕。

很多老一辈人，贫穷地区的人，身处痛苦的婚姻之中，为什么不敢离婚?

一是观念不够，以离婚为耻辱，宁愿在婚姻中哭死，也不敢在离婚中放歌。这有利于婚姻中的恶人，他知道你的底牌，当然尽情欺负你。

更主要是穷。穷人是离不起婚的。女人经济地位低，无收入，几乎没有离婚选项。

经济发达地区的更高离婚率，其实是好事。说明观念到了，钱也够了，离开谁，都活得下去。这是纠错能力强的体现，心智成熟，勇气十足，这样的人群，才能持续提升婚姻的品质，并为孩子提供好的模板。

所以，大胆去爱，爱到非结婚不可，就大胆结婚，至少有 70%的成功率：这么美好的事，不做，那就像拿到 AA 却不敢下注的胆小鬼，最后一定是输家。

如果爱错了，如果曾经爱的那个人不再合拍，这错误也可修正，你的人生仍由你掌握，你还可以开始新的恋爱。

爱的回报率是很高的。愿你从此不怕。

图书在版编目（CIP）数据

我和连岳一起成长 / 连岳著 . -- 成都 : 四川文艺出版社，2019.6
ISBN 978-7-5411-5396-9

Ⅰ . ①我… Ⅱ . ①连… Ⅲ . ①散文集 – 中国 – 当代
Ⅳ . ① I267

中国版本图书馆 CIP 数据核字（2019）第 081876 号

WO HE LIANYUE YIQI CHENGZHANG

我和连岳一起成长

连岳 著

责任编辑 王梓画 奉学勤
特邀编辑 李 卉 杨静武
装帧设计 尚燕平
内文制作 方圆创智
责任校对 汪 平

出　　版 四川文艺出版社（成都市槐树街 2 号）
网　　址 www. scwys. com
电　　话 028 – 86259303（编辑部）
传　　真 028 – 86259306
发　　行 新经典发行有限公司
电话 (010) 68423599 邮箱 editor@readinglife.com

邮购地址 成都市槐树街 2 号四川文艺出版社邮购部 610031
印　　刷 河北鹏润印刷有限公司
成品尺寸 145mm × 210mm　开　本 32 开
印　　张 9.25　字　数 135 千
版　　次 2019 年 6 月第一版　印　次 2019 年 6 月第二次印刷
书　　号 ISBN 978-7-5411-5396-9
定　　价 48.00 元